KB041071

DREAMBOOKS

DREAMBOOKS

DREAMBOOKS

DREAMBOOKS ★

권인호 신무협 장편소설

천하제일 쟁자수

ORIENTAL FANTASY STORY & ADVENTURE

8

dream books
드림북스

천하제일 쟁자수 8

초판 1쇄 인쇄 2016년 3월 17일
초판 1쇄 발행 2016년 3월 28일

지은이 권인호
발행인 오영배
책임편집 편집부

펴낸곳 (주)삼양출판사 · 드림북스
주소 서울시 강북구 도봉로 173
대표 전화 02-980-2112 **팩스** 02-983-0660
출판등록 1999년 3월 11일 제9-00046호.

ⓒ 권인호, 2016

ISBN 979-11-313-0470-9 (04810) / 979-11-313-0246-0 (세트)

+ (주)삼양출판사 · 드림북스의 서면 허락 없이는 어떠한 형태나 수단으로도 이 책의 내용을 이용하지 못합니다.
+ 지은이와 협의하에 인지는 생략합니다. 잘못된 책은 구입한 곳에서 바꾸어 드립니다.
+ 이 도서의 국립중앙도서관 출판시도서목록(CIP)은 서지정보유통지원시스템홈페이지(http://seoji.nl.go.kr)와 국가자료공동목록시스템(http://www.nl.go.kr/kolisnet)에서 이용하실 수 있습니다. (CIP제어번호: 2016006669)

드림북스는 (주)삼양출판사의 판타지 · 무협 문학 브랜드입니다.

권인호 신무협 장편소설 ORIENTAL FANTASYSTORY & ADVENTURE

천하제일 쟁자수

8

dream
books
드림북스

목차

천하제일 쟁자수

第一章

단단히 미움을 받다

"여긴 그냥 딴 세상이네, 딴 세상이야."

루하가 마차의 창을 통해 들어오는 주변 풍경들을 보며 어이없어했다.

거리마다 사람들로 북적대고, 그러면서도 정갈하며 얼굴에는 크게 근심도 걱정도 없다. 평온한 일상의 모습이 뭐 그리 대수겠냐마는 작금 천하의 민심이란 것이 이런 태평함과는 거리가 멀었다. 탐관오리의 착취에, 도적들의 등쌀에, 거기다 이젠 강시까지……. 민심은 각박해지고 세상은 삭막해진 것이 작금의 현실인데 이곳만큼은 전혀 다른 세상인 양 여유롭고 풍요롭다.

"북경이니까. 황제와 더불어 선택받은 자들만이 사는 천하 대륙의 수도니까."

그랬다.

루하의 눈에 딴 세상처럼 보이는 이곳은 수도 북경이었다. 그날 흑포단과의 일이 있은 후 곧바로 마풍객잔을 출발한 루하와 설란은 오는 길에 잠시 의선가에 들렀다가 지금 막 이곳 북경에 당도한 참이었다.

설란의 말에 루하가 마뜩찮은 표정을 한다.

"아무리 황제가 사는 곳이라도 그렇지, 여긴 다들 뭐가 이렇게 천하태평인 거냐고. 이러니 나랏일 하는 양반들이 제대로 민심을 살필 수 있을 리가 없지. 보고 듣는 게 죄다 여기네 사람들일 텐데, 여기 밖 세상이 얼마나 엉망인지 지들이 알기나 하겠냐고."

그 엉망인 세상 속에서 부모를 잃었고 고향을 잃었다. 여기까지 오는 동안에도 그렇게 부모를 잃고 고향을 잃은 고아들을 숱하게 보았다.

그것이 우물 안 개구리의 무지이든 선택받은 존재들의 태평함이든, 눈에 들어오는 북경의 모든 것들에 배알이 뒤틀리는 루하다.

그때였다.

그들을 태운 마차가 돌연 멈춰 섰다.

루하가 의아해하며 마부석과 통하는 휘장을 걷었다.

"무슨 일이세요?"

루하의 질문에 마부가 대답했다.

"그게…… 웬 병사들이 앞을 막고 있어서……."

"병사요?"

슬쩍 휘장 너머 밖을 보니 군복을 입은 이십여 명의 병사들이 마차 앞을 막고 서 있었다. 그런데 병사들의 선두에 선 자가 낯이 익다.

저 잘생긴 얼굴을 어찌 몰라볼까?

어디에 있어도 단연 빛이 난다.

그야말로 군계일학이요, 낭중지추인 사내.

'곽 장군…….'

그는 철기대의 대장이자 진천왕 주세양의 둘째 사위 곽정이었다.

앞을 막은 자가 곽정인 것을 확인한 루하는 곧바로 마차에서 내렸다. 그가 마차에서 내리자 곽정이 다가와 먼저 인사를 건넨다.

"정 국주님. 오랜만에 뵙습니다."

"예, 오랜만이네요. 절 마중 나오신 겁니까?"

"예. 장인께서 녹류원(綠流院)에서 기다리고 계십니다."

아마도 진천왕의 명이 있었던 모양이다.

"근데…… 곽 장군께서 왜 여기에 계시는 겁니까? 국경에 계셔야 할 분이?"

"아, 직책이 바뀌었습니다. 지금은 금의친군도지휘사사(錦衣親軍都指揮使司)를 맡고 있습니다."

"금의친군도지휘사사라면…… 금의위 말입니까?"

"예. 섬서에서의 공을 인정받아 금의위의 지휘사로 승급되었습니다. 모든 게 국주님 덕분입니다."

공치사를 하며 다시 포권을 취해 보이는 곽정을 보며 루하는 적잖이 놀랐다.

그 사이 무려 두 단계나 승급이 되었다는 것도 놀라운 일인데 바뀐 직책이 금의위 지휘사라니? 금의위라면 동창과 더불어서 무소불위의 권력을 자랑하는 황제 직속의 최강 권력 기관이었다.

그러고 보니 그의 뒤로 보이는 병사들의 모습이 예사롭지 않았다. 눈빛이며 풍기는 기도, 심지어 입고 있는 군복마저도 화려하고 고급스럽다.

'그러니까 내가 폭주 강시를 잡은 걸 내세워서 이 나라최고 권력 기관을 손에 넣으셨다? 진천왕 그 양반 아주 제대로 뽕을 뽑았구만.'

그러니 자신이 얼마나 예뻐 보일까?

공신 책봉 같은 황당한 일을 벌이는 것도 이해가 간다.

"금의위까지 먹었다면 이젠 정말 왕야의 세상이겠는데요?"

"그렇지는 않습니다. 아직 여전히 문벌이 건재할뿐더러 서문가는 동창을 수족처럼 부리고 있으니까요."

곽정의 대답에 루하가 눈살을 찌푸렸다.

"그럼 금의위는 왕야가, 동창은 서문가가 잡고 있단 말씀입니까?"

"예."

조금 어이가 없다.

금의위도 그렇고 동창도 그렇고 전부 다 황제 직속 기관이었다. 권력자들을 견제하고 권력자들로부터 황권을 수호하는 데 쓰이도록 만들어진 무기가 오히려 죄다 권력자들의 수중에 들어가 있는 것이다.

하지만 새삼스럽지는 않다.

그런 황제였고 그런 세상이니까.

아무튼 그렇게 금의위의 호위를 받으며 녹류원에 도착한 루하는 진천왕과 재회했다. 진천왕과의 재회는 특별할 것이 없었다. 알몸으로 만났던 첫 만남 때와는 달리 제대로 차려입은 진천왕의 모습이 조금 낯설기는 했지만 속 모를 태도로 사람을 긴장하게 만드는 건 여전했다.

그때부터 루하와 설란은 녹류원에 머물렀다.

나라의 귀빈을 모시는 곳이라 했다.

그런 만큼 무엇 하나 부족함 없는 곳이었다. 설란과 오붓한 시간을 보내기에도 썩 나쁘지 않았다. 하지만 그것도 하루 이틀이다.

공신 책봉 때문에 불러 놓고 정작 공신 책봉을 받으러 입궁하라는 말이 없다. 처음 며칠이야 그러려니 했지만 열흘이 넘어가고부터는 이상함을 느끼지 않을 수가 없었다.

뭔가 잘못되어 가고 있다는 느낌이었다.

루하가 방 안을 이리저리 왔다 갔다 하며 안달을 낸다.

"이상해. 이상해. 아무래도 이상해. 왜 아무 소식이 없는 거야?"

"뭘 그렇게 조급해해? 때가 되면 어련히 알아서 부르겠지."

"그때가 언제가 될 줄 알고 마냥 기다려? 나 그렇게 한가한 사람 아니라고."

"바쁠 게 뭐 있는데? 표국 일이야 너 없어도 잘 돌아가잖아."

"표국이야 그렇겠지."

"그럼 표국 말고 바쁠 일이 또 뭐가 있는데?"

"말했잖아. 황금 잉어가 대어의 꼬리를 물었다고. 그거

낚아 올리러 가야지."

대정회의 다음 회합까지는 고작 석 달 남았다. 더구나 장소가 강서성이라 표국에 들렀다가 강서성까지 갈 걸 생각하면 석 달이라는 시간은 그리 넉넉한 시간이 아니었다. 이대로 언제까지고 북경에만 머물 수가 없는 것이다.

설란이 새삼 궁금해하며 물었다.

"그러니까 그 대어인지 황금 잉어인지가 뭔데 그래?"

루하는 아직 설란에게 흑포단의 정체가 구대문파의 제자들이었다는 것을 알리지 않았다. 아직 그들을 어떻게 처리할지 계획이 서지도 않았을뿐더러, 은근히 고지식한 면이 있는 설란이라면 그게 어떤 계획이든지 간에 구대문파를 상대로 벌이는 일은 반대부터 하고 나설 것이 뻔했기 때문이었다.

그래서 이번에도 두루뭉술 넘겼다.

"그런 게 있다니까. 지금은 때가 아니니까 나중에 말해 줄게. 그보다…… 진짜 왜 이렇게 늦어지는 거야? 왕야도 그날 후로는 코빼기도 안 보이고?"

결국 기다리다 못한 루하가 진천왕에게 연통을 넣었다. 그런데 그의 연통에 밤이 깊어 녹류원을 찾아온 것은 진천왕이 아니라 곽정이었다.

"왕야는요?"

"아직 환궁하지 않으셨습니다."

"이 시간까지요? 많이 바쁘신가 보네요?"

"예. 회의가 길어져서…… 해서 저를 대신 보내셨습니다. 하온데 어쩐 일로 왕야를 찾으셨습니까?"

"어쩐 일이긴요, 저희 여기 언제까지 있어야 됩니까? 그놈의 공신 책봉식은 또 언제 하는 거구요? 일정이라도 알려 주셔야 저희도 대비를 할 게 아닙니까? 내가 마냥 한가한 몸도 아니고."

"그게…… 아직 결정이 나지 않아서……."

곽정의 흐리멍덩한 대답에 루하가 미간을 모았다.

"아직 결정이 나지 않았다뇨? 일정이 말입니까, 아니면 공신 책봉 자체가 말입니까?"

"……둘 다입니다."

"둘 다라니?"

곽정의 태도가 이상해서 설마하며 물은 것이었다. 한데 들려온 대답은 공신 책봉조차 결정이 나지 않았다고 한다. 대체 이 무슨 황당한 상황이란 말인가?

"그럼 제가 받은 교서는 뭡니까? 분명 황제의 인장이 찍혀 있었는데?"

"황제 폐하의 재가가 떨어졌던 것은 사실입니다. 다만……."

"다만?"

"현재 국자감의 유생들이 불가한 일이라며 집단으로 상소를 올리고 반대 시위를 하고 있는 터라 유보가 되고 있는 상태입니다. 그 때문에 장인께서도 아직 황궁에 계시는 것입니다."

국자감이라면 이 나라 최고의 교육 기관이다. 그리고 그곳의 유생들이라면 실력이든 배경이든 돈이든 어떤 면으로 봐도 이미 벼슬길이 보장된 이 나라의 동량들이었다.

그러니 더 이해가 안 된다.

"국자감 유생들이 왜요? 그 사람들이 나한테 무슨 억하심정이 있다고?"

까놓고 말해서 나라를 구했다면 나라를 구한 그였다. 그깟 공신 책봉 좀 받는다고 그들이 대수로울 것이 뭐가 있단 말인가?

"혹시 서문가의 힘이 작용한 겁니까?"

생각할 수 있는 건 그것뿐이다.

아니나 다를까, 곽정이 고개를 끄덕인다.

"예. 서문가는 이 나라 최고 문벌이고 유림의 대종입니다. 국자감 유생들이 움직일 때는 반드시 그 뒤에 서문가가 있기 마련이지요."

결국 이것마저 진천왕과 서문가의 알력 싸움이라는 것이

다. 하지만 그래도 납득이 안 된다.

"아무리 두 파벌 간에 알력 다툼이 심하다고 해도 이게 국자감 유생들까지 동원해서 거창하게 판을 벌일 일은 아니지 않습니까?"

루하도 정치판에 대해 잘 알지는 못하지만 공부하는 유생들까지 동원한다는 것이 상당히 무리한 일이란 것 정도는 짐작할 수 있었다.

"말이 공신이지 내가 뭐 벼슬을 할 것도 아니고, 기껏해야 얼마간의 땅 쪼가리 아니면 금붙이 몇 개 떨어지는 게 다일 텐데 그런 걸로 국자감 유생들까지 나선다는 건 너무 과하잖아요."

"물론 땅 쪼가리나 금붙이 정도였다면 서문가에서도 이렇게까지 강수를 두지는 않았을 겁니다."

"땅 쪼가리나 금붙이 정도가 아니라면요? 설마하니 저한테 무슨 대단한 관직이라도 내리신단 말입니까?"

"정이품 호국분충감찰도어사(護國奮忠監察都御司). 그것이 장인께서 국주님을 위해 준비하신 자리입니다."

"……."

"어디까지나 명예직입니다. 어떠한 책무도 책임도 없는 자리입니다. 다만 필요시엔 언제든 각 성의 제형안찰사사를 통솔할 수 있는 권한이 부여된 직책입니다."

곽정의 말은 헛웃음도 나지 않을 만큼 어이없고 황당하다.

"그러니까 공신 책봉식을 마치고 나면 호국분충…… 뭔가 하는 관직을 받게 된다는 겁니까? 그것도 곽 장군님 같은 정이품 직급의? 책임과 책무는 없고 권한만 있는?"

심지어 언제든 통솔할 수 있다는 제형안찰사사는 각 성의 형옥을 다스리는, 포정사의 명에도 구애받지 않는 독립적이고 막강한 권력 집단이었다. 그런 막강한 권력 집단을, 그것도 대륙의 성 전부를 마음대로 좌지우지할 수 있다?

이건 그야말로 동창이나 금의위에 버금가는, 아니, 어쩌면 경우에 따라서는 그 이상이라 해도 과언이 아닌 권력이었다.

'전에는 형부의 인장을 맡기더니 이번엔 뭐? 정이품 도어사? 제형안찰사사를 통솔해?'

대체…….

"대체…… 제정신이랍니까?"

황당하다 못해 급기야 막말까지 튀어나온다.

그런 루하를 보며 곽정이 물었다.

"국주님과는 이미 약조가 된 일이라 하셨습니다만?"

이건 또 무슨 소린가?

"나랑 약조가 되어 있었다고요?"

"예. 지난번 화청지의 해상탕에서 강시의 폭주를 막는 조건으로 그리 약조를 하셨다고."

순간, 떠오르는 것이 있다.

'강시를 잡아 왕야의 권력을 지켜 달라 이 말씀입니까?'

'할 수 있겠는가?'

'모르겠는데요?'

'하게. 무조건 해내게. 그리하면 내 권력의 한 자락이 자네 것이 될 것이네.'

기껏해야 그 정도의 대화였다.

그저 가볍게 흘리듯, 대수롭지 않게 내뱉은 말인 줄 알았다. 그래서 별생각 없이 또한 가볍게 흘려 넘겼다.

한데 어처구니없게도 그 별것 아닌 대화의 의미가, 진천왕이 말한 권력의 한 자락이란 것이 무소불위의 막강 권력을 품은, 무려 정이품의 벼슬자리였던 것이다.

"안 해요."

어찌 된 영문인지 그제야 모든 정황을 알게 된 루하는 일고의 가치도 없다는 듯이 그 즉시 고개를 저었다.

진천왕이 대체 무슨 이유로 또 이 같은 장난질을 벌인 것인지는 모르지만 거기에 휘말리고 싶은 생각은 추호도 없다.

"안 합니다. 공신 책봉이고 도어사고 간에 그딴 거 아예 관심 없으니까 다 없던 일로 하라 그래요. 그럼 서문가에서 시비 걸 일도 없을 테고 국자감 유생들도 본분대로 국자감으로 돌아가서 공부에 매진할 테니, 다 좋잖아요?"

"안 됩니다. 이제 이 건은 단지 국주님 개인의 문제가 아닙니다. 국자감의 유생들까지 나선 마당이라 이미 만조백관이 주목하고 있습니다. 그런 만큼 이건 장인과 서문가 간의 자존심 싸움이고 자칫 약한 모습을 보이면 한순간에 정국의 주도권을 빼앗길 수도 있는 치열한 정쟁입니다."

이미 호랑이는 달리고 있었다. 등에서 내리기에는 늦었다.

"아무리 그래도 마냥 기다릴 수는 없단 말입니다! 왜 내가 내 의지랑 상관없이 당신네들 정쟁의 도구가 되어야 하는지도 모르겠는데 내 아까운 시간마저 허비하란 말입니까? 저 그렇게 한가하지 않다니까요!"

"조금만 더 기다려 주십시오. 장인께서 며칠째 환궁도 하지 않고 방법을 찾고 있으니 곧 결과가 나올 것입니다."

루하의 불만이 어떻든 간에 지금 곽정이 해 줄 수 있는 대답은 그것뿐이었다.

그렇게 곽정이 녹류원을 떠났다.

속 시원한 대답은커녕 속절없이 기다려야만 하는 처지가

되어 버린 루하는 당연히 기분이 나빴다. 모든 게 마뜩잖고 짜증만 난다.

"정이품 도어사? 대체 진천왕 그 양반은 무슨 생각으로 그런 말도 안 되는 일을 벌인 거야? 내가 벼슬자리를 달랬어, 권력을 달랬어? 왜 쓸데없는 일을 벌여서는 사람을 피곤하게 하는 거냐고!"

"쓸데없는 일은 아니었을걸?"

루하의 투덜거림에 설란이 한마디 했다.

루하가 의아해하며 되물었다.

"쓸데없는 일이 아니었다니?"

"적어도 진천왕에겐 이번 일이 쓸데없이 벌인 일은 아니었을 거라는 말이야. 모르긴 몰라도 꽤 큰 그림을 그리고 벌인 일일걸?"

"······?"

"생각해 봐. 섬서에서 네가 폭주 강시를 처리한 일로 서문가와의 치열한 정쟁에서 승기를 잡은 진천왕이야. 그건 금의위를 수중에 넣은 것만 봐도 알 수 있지."

"그래서?"

"너라면 어쩌겠어? 그냥 승기를 잡고 약간의 우위를 점한 걸로 만족하겠어?"

물론 만족 못 한다.

어떻게 잡은 승기고 기회겠는가. 수만 명의 죽음으로 만들어진 기회를 어찌 그냥 허투루 날려 버릴까. 적어도 그가 만나 본 진천왕 주세양은 그렇게 물렁한 사람이 아니었다.

"아까 곽 장군도 그러셨잖아. 국자감의 유생들까지 끼어든 이상 지금 이 싸움은 자칫하면 한순간에 정국의 주도권을 빼앗길 수도 있는 치열한 정쟁이 되었다고."

"그럼 공신 책봉도 그렇고 도어사니 뭐니 한 것도 그렇고, 진천왕이 판을 키우기 위해 일부러 날 이용했다는 거야? 승기를 잡은 참에 확실하게 승부를 지어 버리려고?"

"아마도 십중팔구는 그럴 거야. 이 나라 최고의 권력을 움켜쥔 사람이 그 정도 수도 내다보지 않고 움직였다고는 생각할 수 없으니까."

루하의 공로를 내세워 금의위를 얻는다. 그리해 동창을 거머쥔 서문가와 권력의 균형을 맞추고, 다시 루하를 매개로 그 균형을 무너뜨릴 수 있는 새로운 권력을 만들어 손에 쥔다.

처음부터 철저히 계획된 진천왕의 안배.

듣고 보니 더 화가 난다.

"이래서 정치하는 인간들이랑은 가까이 지내면 안 된다니까! 안 해! 지들이 정쟁을 하든 전쟁을 하든 무슨 상관이라고 내가 거길 껴?"

"그럼 어쩔 건데?"

"그 인간이 환궁하는 대로 바로 떠날 거야."

"안 놓아줄 텐데?"

"흥! 내가 떠나겠다는데 누가 감히 날 막아?"

하긴, 떠나겠다고 작심한다면 백만대군으로도 붙들지 못하는 것이 지금의 루하였다. 그런데, 그렇게 확고하게 결심을 한 루하였지만 정작 진천왕은 그로부터 이틀이 더 지나도록 돌아오지 않았다.

워낙에 큰 판이 벌어지고 있는 상황이라 적어도 언질 정도는 주고 떠나는 것이 예의일 것 같아서 그때까지 참고 있었지만 이젠 그마저도 귀찮아졌다. 그래서 바로 짐을 꾸리려는데 공교롭게도 그때 마침 녹류원의 문이 열렸다.

그리고 나타난 인물은 진천왕이 아니었다. 전혀 생각지도 못한 낯선 얼굴들이 그곳에 있었다.

"누구……라구요?"

루하가 자신의 앞에 선 네 명의 사내를 보며 의아히 물었다.

네 명 다 문사건을 정갈하게 쓴 학사풍의 인물이었는데 하나는 반백의 머리에 오십이 훌쩍 넘은 초로의 노인이었고 하나는 마흔 안팎, 그리고 둘은 이십 대 초중반의 젊은 문사였다.

루하의 질문에 초로의 노인이 다시 말했다.

"난 국자감의 제주(祭州) 모영인(毛英璘)이라 하외다."

"한림원 학사 조평(趙平)입니다."

"국자감 수장의(守掌議) 성위찬(成位纂)입니다."

"국자감 부장의 방시정(龐施情)입니다."

초로의 노인에 이어 그렇게 나이 순서대로 자신들을 소개한다.

국자감의 제주라면 국자감의 책임자였고, 한림원 학사라면 황제 직속으로 임명 문서 등의 기밀 사항을 취급하는 자였다. 그리고 국자감 장의는 국자감 유생들의 대표다.

그들의 면면만으로도 이 방문이 그다지 반가운 것이 아님을 바로 알 수 있다.

"그래서…… 무슨 일로 저를 찾아오신 거죠?"

루하의 물음에 제주 모영인이 대답했다.

"우리가 이렇게 정 무사(武士)를 찾아온 것은 한 가지 청을 드리려 함이외다."

"청?"

"지금 정 무사의 공신 책봉 문제로 인해 나라 조정이 시끄럽다는 것은 그대도 들어 알고 있을 것이외다. 신료들의 반대 상소가 끊이지 않고 있을 뿐만 아니라 우리 국자감의 유생들마저 벌써 열흘째 황궁 앞에 엎드려 피를 토하며 불가함과 부당함을 간하고 있소이다."

"그래서요?"

"물론 그대의 공을 인정하지 않는 것은 아니외다. 갑자기 닥친 크나큰 겁난으로부터 이 나라를 구한 것은 분명한 사실이니까. 허나 그것이 일등 공신에 준하는 대우를 받을 정도는 아니거니와 이 나라의 관리도 아닌 자에게 정이품의 품계와 도어사라는 과중한 직책을 맡기는 것은 어린아이에게 창칼을 들려서 전쟁터로 내보내는 것과 진배없는, 너무나 불평부당하고 사리에 맞지 않는 일이외다."

이거 듣고 있자니 슬슬 짜증이 난다.

누가 학사들 아니랄까 봐 시를 읊듯 조곤조곤 뱉어내는 말로 사람을 아주 적나라하게 비하한다.

아예 나라가 풍비박산이 날 수도 있는 것을 막았는데 일등 공신에 준하는 대우를 받을 정도는 되지 않는다니?

'게다가 뭐? 어린아이에게 창칼을 들려 전쟁터로 내보내는 것과 같다고? 그깟 게 뭐 대단한 거라고? 그런 대단한 자리에 있는 양반들이 지금껏 나라를 위해 한 일이 뭐가 있는데?'

이 나라 높디높은 벼슬자리는 죄다 세습으로 물려받는 것이 현실이다. 그 자리에 앉아 있는 이유라고는 고작 잘

난 핏줄 물려받았다는 사실 하나뿐인데, 지들끼리 나눠먹기 하다 남은 자리 하나 자신이 차지하게 되었기로서니 그게 뭐 대수라고 어린아이니 전쟁터니, 불평부당에 사리까지 들먹여 댄단 말인가.

애초에 그런 벼슬자리 따위 관심도 없었고, 그래서 다 때려치우고 떠나려던 참이었지만 이런 식으로 폄하를 당하고 보니 슬슬 오기가 치민다.

"그래서요?"

"이런 일로 이 나라의 동량지재인 우리 국자감의 유생들이 아까운 시간을 허비하게 할 수는 없소이다. 허니, 정 무사가 직접 공신 책봉을 받지 않겠다, 상소를 올려 주시오."

"저더러 황명에 반기를 들기라도 하라는 말입니까?"

"물론 정 무사에게는 아무런 탈이 없도록 그 뒤처리는 분명하게 해 드릴 것이오."

아주 선심이라도 쓰듯이 말한다.

이쯤 되고 보니 모든 상황이 그려진다.

이들이 자신을 찾아왔다는 것은 곧 서문가에서 이들을 보냈다는 뜻이고 그건 또한 서문가가 바짝 애가 달아 있다는 뜻이다.

서문가에서 애가 달아 있을 이유가 뭐겠는가? 지금 황궁에서 벌어지고 있는 진천왕과의 힘겨루기에서 밀리고 있다는 뜻이 아니겠는가? 그래서 책봉 당사자인 루하라도 붙들고 늘어지는 것이 틀림없었다.

그렇게 돌아가는 상황을 파악한 루하는 모영인을 보며 조금은 건방진 태도로 입꼬리를 말아 올렸다.

"제가 싫다면요?"

"뭐?"

"겸양을 떨 자리는 아닌 듯하니 솔직하게 말하겠습니다. 저는 제가 세운 공이 일등 공신의 자격을 얻기에 크게 부족함이 없다고 생각합니다."

"……."

"게다가 저로 말할 것 같으면, 일개 쟁자수로 시작해서 지금은 명실상부 천하제일 표국의 국주 자리에 오른 사람입니다. 그런 제가 그깟 정이품 도어사 자리 하나 감당하지 못할 것 같습니까? 까짓것 한번 맡아 보죠. 그 자리가 얼마나 대단하고 힘든 자리인지 한번 맡아 보고, 깜냥이 안 된다 싶으면 그때 내려놓겠습니다."

"이보시오! 정 무사!"

루하의 말에 발끈하고 나선 것은 한림원 학사 조평이었다.

"나랏일은 그렇게 안일한 생각으로 할 수 있는 일이 아니오! 그리고 그대의 깜냥은 그대가 정하는 것이 아니라 이

나라 대소신료들이 정하는 것이고! 분에 넘치는 걸 욕심내다가는 화만 입게 될 뿐이오!"

"화가 되든 복이 되든 그거야 내가 감당하면 될 일이고, 일단 한번 해 보겠습니다. 그러니 그런 일로 절 찾아온 거라면 이만들 돌아가십시오. 제 생각은 바뀌지 않을 테니까. 물론 공신 책봉도 당연히 받을 거구요."

"그대는 자격이 안 된다 하지 않았소!"

"그 자격! 난 된다 생각한다니까!"

루하의 목소리가 거칠어졌다. 그의 눈은 목소리보다도 더 사나웠다. 그렇게 줄기줄기 뻗어나는 위엄은 좌중을 압도하기에 충분했다.

왜 아니 그렇겠는가?

천하를 호령하는 무림의 고수들 중에서조차 지금 루하의 눈빛을 감당할 수 있는 자가 채 열이 되지 않을 텐데, 서책이나 만지던 문사들이 감당할 수 있을 리가 없는 것이다.

오줌을 찔끔거리지 않은 것만 해도 칭찬해 줄 만한 일이다. 아니, 국자감의 두 젊은 장의는 실제로 아랫도리가 적잖이 축축해져 있었다.

그런 그들을 보며 루하가 비릿하게 웃었다.

"돌아들 가세요. 오늘의 무례는 딱 여기까지만 참겠습니다."

그걸로 끝이었다. 삽시간에 방 안을 가득 채우는 살기와 그보다 더 폭력적인 위엄 앞에 다시 입을 열 수 있는 자는 아무도 없었다.

*　　　*　　　*

붉은색 천 위에 해태의 문양이 새겨진 관복을 입고 챙이 넓은 사모를 썼다. 거기에 설란이 붉은 띠에 금색 장식이 달린 요대를 루하의 허리에 채워 주는 것으로 마무리하자 루하가 참았던 불만을 토했다.

"아직 벼슬을 받은 것도 아닌데 왜 관복을 입어야 하는 거야?"

"그게 법도라잖아."

평상복을 입고는 어전은커녕 황궁 안으로 발도 못 들인다고 한다.

"근데 정말 벼슬자리 받을 거야?"

"뭘 새삼스럽게…… 이미 다 결정 난 건데. 다시 한 번 황제의 재가가 떨어진 일인데 이제 와서 물릴 수도 없잖아? 뭐, 물릴 수 있다고 해도 그러진 않을 거지만. 진천왕 그 인간 손아귀에서 놀아나는 것 같아서 썩 기분이 내키는 건 아니지만, 그래도 자격 운운하며 사람 깔보는 것들 원하는 대로 해 주는 건 더 싫으니까."

조금 싫은 것과 많이 싫은 것.

정이품이라는 대단한 자리를 수락한 이유치고는 어이없을 정도로 단순하고 사소한 이유였지만 오히려 그것이 루하답긴 했다.

"준비되었는가?"

밖에서 진천왕의 재촉하는 목소리가 들렸다.

루하가 다시 한 번 옷매무새를 살피며 설란에게 물었다.

"괜찮아?"

"응. 이렇게 보니까 제법 관리같이 보여. 의외로 잘 어울리는데?"

"그렇지? 내가 이렇다니까. 뭘 입혀 놓아도 태가 나요, 태가 나. 흐흐."

그렇게 설란과 실없는 농담을 주고받은 루하가 이윽고 몸을 돌렸다. 황제가 산다는 황궁을 향해, 그리고 공신 책봉과 정이품 호국분충감찰도어사의 직첩을 받기 위해 문을 나섰다.

*　　　*　　　*

자금성(紫禁城).

뜻을 풀이하자면 자줏빛의 금지된 성이다. 자줏빛 기와지붕과 구중궁궐의 은밀함을 표현한 말이기도 하지만, 천자를 뜻하는 북두성의 별자리에서 따온 단어이기도 하다.

자금성은 보는 사람들로 하여금 참으로 다양한 시각을 가지게 한다.

어떤 이들에겐 최고의 부와 권력을, 어떤 이들에겐 삶과 죽음을 다스리는 지옥염천을, 또한 역사의 잣대로 본다면 그 왕조를 대표하는 가장 화려한 상징물인 반면에 자금성 축조에 든 노동력으로 따지면 만리장성에 버금가는 탄압과 고된 노역의 산물이기도 하다.

물론 루하에겐 그저 황제가 사는 집 정도의 의미밖에는 없지만 말이다.

진천왕과 더불어 황궁에 도착한 루하는 눈살부터 찌푸려야 했다. 오문(午門:자금성의 정문)에서부터 거의 백여 장의 거리를 좌우로 빼곡하게 줄지어선 인파들 때문이었다.

단순한 구경꾼들이 아니었다.

어딜 가나 삼절표랑의 얼굴을 한 번이라도 보고자 구경 인파들이 줄을 이었지만, 저 앞에 늘어선 사람들은 지금껏 그가 보아 왔던 구경꾼들과는 전혀 달랐다.

들뜬 얼굴로 신기해하는 자도 없고 뜨거운 눈빛으로 환호하는 자도 없다. 환호는커녕 불쾌하고 사나운 눈빛으로 그를 노려본다.

그들이 누군지는 한눈에 알아볼 수 있었다.

'국자감······.'

국자감 유생들이다.

지난번 그를 찾아와 거절 상소를 올려 달라 청했던 자들 중 국자감 수장의와 부장의가 저들과 똑같은 옷을 입고 있었다.

"이거 참, 나 아주 단단히 미움을 받고 있는 것 같네."

그가 듣기로 저들이 자신의 공신 책봉에 반대하며 시위를 벌인 것은 어디까지나 서문가의 입김이 작용했기 때문이라 했다. 하지만 지금 저들이 보내는 가득한 불만과 따가운 적의를 보자면, 단지 서문가의 입김 때문이었다고만은 생각할 수 없었다.

분명 저들은 진심으로 이번 공신 책봉과 정이품 직첩의 수여를 못마땅해하고 있었다.

"당연한 일 아닌가?"

진천왕이 옆에서 한마디 툭 던진다.

"좋은 가문에서 태어나 십수 년을 글공부에 매진한 끝에 치열한 경쟁을 뚫고 국자감에 든 자들이네. 그렇게 국자감에 입학해서도 사 년을 더 공부해야 졸업할 수 있고, 어렵게 졸업을 한다 해도 잘 풀려야 종육품 한림원 수찬(修撰)

에서 벼슬을 시작하지. 그게 소위 이 나라 최고 문벌 귀족 가문의 자제들이 입신하는 과정이네. 한데 일개 무인인 자네에게, 뿌리 깊은 문치주의 속에서 그동안 업신여기고 무시했던 한낱 무림인에게 정이품의 직첩이 수여된다고 하는데 어느 누가 그걸 순순히 받아들이겠나?"

"이래 봬도 강시를 때려잡고 세상을 구한 몸입니다만?"

"그래 봤자네. 저들은 강시를 본 적도 없고, 그러니 강시가 얼마나 무서운 존재인지도 제대로 모르네. 아무리 세상을 시끄럽게 하고 있다고 해도 저들에게 강시는 그저 한낱 미물일 뿐이지. 섬서에서 여기까지는 너무나 멀리 떨어져 있을뿐더러 이곳 북경은 천하에서 가장 태평한 곳이고, 그중에서도 저들은 책 속에서 세상을 보는 가장 팔자 좋은 부류들이니까."

"……."

"정이품의 관직은 말이네, 저들 중에서도 극소수 선택받은 자들만이 오를 수 있는 평생의 꿈이자 목표네. 저들의 입장에서는 한낱 미물을 때려잡은 정도로 오를 수 있는 자리가 아닌 거지."

마치 남의 일인 양 태연하게 주절거리는 진천왕을 보며 루하가 입술을 삐죽였다.

"그 대단한 자리를 일개 무림인에게 내준 게 누군데 그럽니까?"

"그러니 나한테 고마워하셔야 하지 않겠나? 그런 반대를 무릅쓰고 자네에게 그 대단한 감투를 씌워 주었으니 말이야."

"그런 감투, 씌워 달라고 한 적 없거든요? 전혀 필요 없거든요? 그딴 거 없어도 충분히 잘 먹고 잘살 수 있거든요?"

"장담하지 마시게. 각 성의 제형안찰사사를 통솔할 수 있는 권한이라는 것이 얼마나 큰 권력인지 직접 체감해 보면 분명 그 마음이 달라질 것이니."

"아, 글쎄. 그런 거 체감할 일 전혀 없다고요."

"어허. 장담하지 말라니까. 세상일이란 그렇게 마음먹은 대로만 흘러가는 것이 아니라네."

어딘지 능글맞기까지 한 진천왕의 태도에 살짝 약까지 오른다. 그래서 뭐라 한마디 더 반박을 하려는데, 문득 어떤 기시감이 들어서 흠칫했다.

그러고 보면 전에도 진천왕과 이런 대화를 나눴다. 그리고 그때도 진천왕의 몇 마디 말에 휘말려서 자기도 모르게 꼭두각시처럼 놀아났다.

애초에 말로써 싸울 수 있는 상대가 아니었다. 사람의 마음을 휘저어 자신이 원하는 대로 이끄는 것에는 천부적인 사내다.

더 말을 섞어 봤자 휘둘리기만 할 뿐이다.

결국 '끙!' 앓는 소리로 목구멍에 들어찬 말을 씹어 삼키고는 입을 다물었다.

그리해 국자감 유생들의 따가운 눈총 속으로 묵묵히 걸음을 옮겼다.

환호와 환대 속에서는 백 리 길도 멀다는 느낌이 안 들었는데, 그 적의로 가득한 시선 속에서는 고작 백여 장 남짓한 거리가 천리만리 까마득하다. 그 시간이 억겁처럼 길게 느껴진다.

그때 갑자기 루하가 걸음을 멈췄다.

"세상이 어떻게 돌아가려는지 이건 뭐 개나 소나……."

그가 지나는 인파 속에서 그런 말이 귀를 파고든 때문이었다.

빼곡한 인파 속이었지만 누군지는 정확히 파악할 수 있었다. 대략 삼십 대 중반의, 역시 국자감 유생 복장을 한 사내였다.

울컥한 루하가 그 사내를 보며 시끌벅적한 소란 속에서도 사내가 또렷이 들을 수 있도록 기를 담아서 말했다.

"죽고 싶냐?"

자신의 중얼거림이 루하에게 들렸을 거라고는 상상도 못 했던 사내가 순간 기겁을 한다.

그런 사내를 보며 루하가 조금 더 살벌한 목소리로 말했다.

"죽여 줄까?"

그러자,

"히익!"

완전히 겁에 질려서는 허둥지둥 도망부터 치기 바쁘다.

명색이 이 나라의 최고 동량지재라는 국자감 유생이 겨우 자신의 한마디 위협에 저렇게 꼴사나운 모습을 보이다니? 한심하고 하찮다. 사내를 보고 있자니 자신을 향해 불쾌감을 던지고 있는 국자감 유생들 모두가 하찮게 느껴진다. 그리고 생전 처음 받아 보는 그 많은 원색적인 적의에 저도 모르게 주눅 들었던 마음도 사라진다.

'흥! 제깟 것들이 그래 봤자 탐관오리 예비 후보자들이지.'

고개를 빳빳이 세웠다. 어깨를 당당히 폈다.

그러자 억겁처럼 길고 천리만리 멀게 느껴졌던 길이 그제야 제대로 보인다. 그렇게 당당한 걸음으로 황궁의 오문에 이르니 먼저 곽정을 위시로 한 금의위 위사들이 그들을 맞았다.

오문은 세 개의 문으로 되어 있었다.

가운데에는 가장 큰 문이 있고 양 옆으로 그보다 작은 문이 하나씩.

가운데 가장 큰 문은 황제만이 드나들 수 있는 곳이었고 오른쪽 작은 문은 황족이, 왼쪽의 작은 문은 대소신료들이 출입하는 문이었다. 그런데, 곽정이 그를 안내하는 곳은 황제만이 드나들 수 있는 가운데 큰 문이었다.

여기 오기 전에 이미 어느 정도의 궁중 예법과 법도는 들어 알고 있던 터라 루하가 의아히 물었다.

"여기로요?"

"예."

"하지만 여긴……."

"물론 이 문은 황제 폐하만이 드나들 수 있는 문입니다만 예외가 있습니다. 과거에서 장원급제를 했거나 나라에 큰 공을 세운 자에 한해서 특별히 황제 폐하의 윤허가 내려진 경우입니다. 국주께도 그러한 윤허가 내려진 것입니다."

곽정의 말에 진천왕이 재촉했다.

"어서 들어가시게나."

그렇게 재촉하는 진천왕의 입꼬리가 묘하게 말려 올라가 있다.

진천왕의 표정을 보며 루하는 불현듯 깨닫게 되는 것이 있었다.

굳이 그런 윤허가 떨어진 이유.

정사도 제대로 돌보지 않는 황제에게서 굳이 그런 윤허

가 내려진 이유.

과시용이다.

황제가 아닌 진천왕의.

서문가와의 권력싸움에서 자신이 한발 앞서 있음을 그렇게 세상에 과시하고 있는 것이다. 겉으로는 소탈해 보이고 털털해 보이지만, 이런 작고 소소한 것마저도 허투루 넘기지 않는 세심함이 진정으로 진천왕을 이 자리에 있게 만든 힘이 아니었을까 싶다.

그렇게 루하는 망설임 없이 황궁 가장 큰 문을 넘었다.

오문을 넘자 족히 수백 장은 되어 보이는 광장이 나타났고, 그 너머에 그보다 더 웅장한 전각이 위용을 과시했다.

태화전(太和殿).

매일 아침이면 수천, 수만에 이르는 문무백관들이 모여 조례를 하고 타국의 사신을 맞이하며 국가의 중요 의례를 치르는 자금성 최고의 건축물이다.

잠시간 그 웅장함에 압도되어 절로 감탄을 토한 루하가 이윽고 광장을 지나 태화전에 이르는 삼 층 계단을 올랐다.

그렇게 태화전 앞에 당도하자 곽정이 태화전의 문을 열었다. 태화전의 문이 열리고 루하의 눈에 가장 먼저 들어온 것은 황좌 위 거대한 현판에 쓰인 글이었다.

정대광명(正大光明)

용사비등의 필체도 아닌데, 어찌 보면 단순하고 투박하기 그지없는 글인데도 보고 있자니 왠지 모르게 마음이 숙연해지는 기분이 든다.

하지만 그것도 잠시, 갑자기 밀어닥치는 차가운 냉기에 흠칫하며 눈을 돌렸다.

그 차가운 냉기는 하나가 아니었다. 거기에 시립해 있는 대소신료들에게서 뿜어져 나오는 냉기가 거미줄처럼 줄기줄기 엉키며 태화전 안을 가득 채우고 있었다.

국자감 유생들의 적의와 하등 다를 것이 없는 시선들이다. 아니, 연륜과 관록이 더해져 훨씬 더 무겁고 엄하다.

물론 냉기만 있는 것은 아니었다.

진천왕과 서문가의 세력 구도를 극명하게 보여 주듯 정확히 절반은 그를 향해 온화한 미소를 머금고 있다. 물론 당사자인 루하는 그러거나 말거나였다. 그런 것에 일일이 일희일비할 만큼 관심이 있지도 않고 크게 신경이 쓰이지도 않는다.

다만 하나 거슬리는 것은 저기 저 텅 빈 황좌였다. 당연히 이 자리에 있어야 할 황제가 보이지 않는 것이다.

'사람을 불러 놓고 어딜 간 거야?'

궁금하긴 진천왕도 마찬가지인 모양이다.

주인 없는 황좌를 보며 언짢은 눈빛으로 내관에게 묻는다.

"폐하께서는?"

"양심전(養心殿)에서 아직 납시지 않으셨습니다."

양심전이라 하면 황제의 침소였다. 아니, 정확히는 밤새 노랫가락과 여인네의 웃음소리가 끊이지 않는, 황제가 후첩들과 주지육림에 빠져 사는 아방궁이다. 이미 그렇게 되어 버린 지 오래였다.

진천왕의 눈빛이 사나워졌다.

"아직도 양심전에 계시다니? 허면 아직 기침도 하지 않으셨단 말이냐?"

"그게…… 간밤에 정사를 고심하시느라 어침에 드신 것이 늦어……."

그 아방궁에서 정사를 고심하다 잠자리가 늦었다니? 개가 웃을 일이다.

"그래서? 언제 오신다더냐?"

"태감께서는 그저 기다리라고만 하셨습니다."

내관의 그 흐리멍덩한 말에 진천왕이 비릿하게 웃었다.

'유근(劉瑾) 그 늙은이가 또 장난질을 치는군.'

사례태감 유근. 황제를 최측근에서 보필하는 환관들의

우두머리.

물론 그의 뒤에는 서문가가 있다. 그는 서문가에서 나고 자란 사람이고, 서문가의 힘이 지금의 그를 만들었으니까. 그리고 그가 있어 동창이 서문가의 수족 노릇을 하고 있는 것이기도 하고.

모르긴 몰라도 오늘이 공신 책봉일임을 황제에겐 제대로 알리지도 않았을 것이다. 명분과 힘에 밀려 결국 오늘의 자리가 마련되었지만 그렇게라도 불만을 드러내고 있는 것이다.

하지만 지금으로서는 달리 방법이 없다.

아무리 그라도 황제의 어침을 방해할 수는 없는 노릇, 황제가 일어날 때까지는 기다릴 수밖에 없었다.

그 바람에 루하만 피곤해졌다.

아무리 신경을 안 쓴다고 해도 그것도 어느 정도다. 일각이 지나고 이각이 지난다. 한 시진이 넘고 두 시진이 넘어간다.

태화전 중앙에 홀로 덩그러니 서서 그 긴긴 시간 동안 따가운 눈총을 받으며 기약 없이 무작정 기다리자니 아주 좀이 쑤시다 못해 진이 다 빠질 지경이다.

그런데 그때였다.

난데없이,

콰아아아아앙—

천둥벼락이라도 친 것 같은 소리가 울리고 그 여력에 태화전마저 흔들렸다. 심지어 저 멀리서 고함과 비명이 뒤섞인, 시끌벅적한 소란도 느껴졌다.

"이, 이게 무슨……?"

"대체 무슨 일이냐?"

서문가 쪽이고 진천왕 쪽이고 할 것 없이 모두가 놀라고 의아해하는 그때, 벌컥 태화전의 문이 열리며 곽정이 뛰어 들어왔다. 그리고 진천왕과 루하를 보며 다급한 목소리로 외쳤다.

"큰일났습니다!"

진천왕이 그 즉시 물었다.

"큰일이라니?"

"강시가 나타났습니다!"

"뭐? 그게 무슨 말이냐? 강시라니?"

"갑자기 강시가 황궁 앞에 나타나서 무차별로 사람들을 살육하고 있습니다!"

第二章

넌 강시로서 자존심도 없냐!

"으아아악!"

비명이 난무하고,

"막아! 저 괴물이 황궁을 넘게 해선 안 돼!"

절박한 외침이 사방에서 다급히 울려 퍼진다.

콰콰콰쾅!

폭음이 터질 때마다 자욱한 흙먼지가 날리고, 갈기갈기 참혹하게 찢긴 수십 수백 명의 시체가 덩그러니 남겨진다.

지붕 한쪽 귀퉁이가 날아가 버린 고루거각들, 땅은 성한 곳이 없으며 태산처럼 높고 단단했던 자금성의 담벼락은 군데군데 무너지고 구멍이 뻥 뚫려 있다.

조금 전까지 루하를 향해 적의를 보였던 국자감 유생들은 처음 만나는 강시의 공포 앞에 더러는 그 자리에 털썩 주저앉아 얼어 버렸고 더러는 '으아아아아!' 비명을 질러 대며 정신없이 달아난다.

"물러서지 마라! 여기서 물러서면 황궁이 침범당한다!"

금의위가 어떻게든 황궁으로의 진입으로 막아 보려 앞을 막아서지만, 강시가 뿌려대는 강기의 폭풍에 우후죽순 맥없이 나가떨어진다. 그때 인근을 지키던 이천 명의 금위군이 부랴부랴 달려와 금의위와 합류했다. 그러나,

"이, 이런 괴물이!"

"끄아악!"

금위군 역시 무기력한 단말마만을 남기고는 종잇조각처럼 무참히 찢겨 나갈 뿐이었다.

그리해 마침내 강시가 황궁의 담을 넘었다. 태화전의 대소신료들이 달려 나온 것은 바로 그때였다. 하지만 그게 다 무슨 소용이랴. 이 나라 조정을 이끌어가는 정계의 거물들이라고 해 봤자 순수한 폭력 앞에서는 그저 늙고 무기력한 노인일 뿐이다. 눈앞에 펼쳐진 지옥도를 보고는 겁에 질려 눈만 끔뻑거릴 뿐이다.

물론 루하만은 예외였다.

전혀 겁먹지 않았다. 다만 의아할 뿐이다.

'저게 왜 여기서 저 지랄을 떠는 거야?'

알려진 것과는 달리 북경에도 강시가 있었던가?

아니, 있는 것 자체는 이상하지 않다. 어딘가 인적이 닿지 않는 곳에 똬리를 틀고 있었을 수는 있다. 하지만 무림인이 아닌 사람들을 저토록 무차별로 공격하다니? 지금 저 모습은 폭주 강시의 그것과 진배없었다.

'하지만 폭주 강시와는 달라.'

저 강시에게는 무차별적인 살육 속에서도 무언가 목적이 있다.

무언가를 찾고 있다. 그런 느낌이 강하게 들었다. 지금 루하가 가장 의아해하는 것도 바로 그 점이었다.

'대체 뭘 찾고 있는……!'

순간 루하가 움찔했다. 그때까지도 필사적으로 막아서는 금위군을 압도적인 무력으로 쓸어버리던 강시가 돌연 살육을 멈추고 루하를 돌아본 때문이었다.

한데, 그 눈빛이 심상치 않다.

'뭐야? 설마…… 날 찾고 있었던 거야?'

지금 강시의 회색 동공에 담긴 것은 '드디어 찾았다'는 반가움과 이유 모를 탐욕이었다.

심지어,

"크르르르……."

루하를 향해 사납게 이빨을 드러내며 진득한 살기를 뿌린다.

온통 의문투성이다. 폭주한 것은 아닌 것 같은데 어째서 강시가 지금 여기서 이런 난장판을 벌이는 것인지, 대체 왜 여기까지 찾아와서 자신에게 저런 반응을 보이는 것인지…….

그러나 지금은 의문을 붙들고 있을 때가 아니었다.

"크아앙!"

찰나 간 강시가 이미 그를 향해 덮쳐들고 있었다.

'흥! 무엇 때문에 날 찾아온 건지는 모르겠다마는, 사람 잘못 골랐어!'

솔직히 가소롭다.

단신으로 폭주 강시도 이겼는데 어찌 이깟 일반 강시 정도를 당해 내지 못하겠는가.

그리해 자신을 덮쳐드는 강시의 주먹을 주저 없이 그대로 받아쳤다. 그런데, 이어진 상황은 그가 예상했던 것과는 전혀 달랐다.

콰앙—

주먹과 주먹이 맞부딪친 그 자리에 천지를 울리는 폭발음이 터지고,

"큭!"

오히려 루하가 짧은 신음을 토하며 퉁겨 날아간 것이었다.

'뭐, 뭐야, 이게?'

그 예상치 못한 상황이 어리둥절하기만 한 루하다.

주먹과 주먹이 맞닿는 순간 알았다.

그 순간 밀려들던 거력은 지금껏 상대해 봤던 강시들과는 질적으로 다른 것이었다. 그것은 흡사 폭주 강시를 연상케 했다.

'하지만…… 폭주 강시가 아니잖아?'

분명 폭주 강시가 아니다. 그날 본 폭주 강시의 눈은 회색이 아니라 붉디붉은 혈광을 뿌리고 있었고, 뿜어내는 기운도 훨씬 더 투박하고 거칠었으며 무질서했다.

그런데 왜? 어째서? 폭주 강시도 아닌데 어찌 저토록 강하단 말인가?

문득 천중산에서 만난 여자 강시가 떠오르기도 했지만 그것과도 또한 다르다. 여자 강시의 눈은 폭주 강시처럼 붉디붉은 혈안도, 지금 저 눈앞의 강시처럼 회색 동공도 아닌, 흑백이 확실한 온전한 사람의 것이었으니까.

'그럼 저건 대체 뭔데?'

그러나 이번에도 의문을 오래 붙들고 있을 수 없었다.

선명한 강기를 가득 머금은 주먹이 다시금 그를 향해 거칠 것 없이 뻗어오고 있었던 것이다.

맞받아칠 수 없다. 피할 수도 없다. 지금 이 순간 루하가 할 수 있는 최선의 행동은 양 손목을 교차해 충격을 최소화하는 것뿐이었다.

콰아아앙!

아까보다도 더 큰 폭발음이 터졌다. 루하의 몸은 이젠 아예 줄 끊어진 연처럼 맥없이 퉁겨져 어느 이름 모를 전각에 내다꽂혔다.

콰콰콰콰콰—

문이 박살 나고 기둥이 부서졌다. 한쪽 지붕마저 '우지끈' 무너져 내렸다. 그렇게 흩날리는 먼지 속에 무참하게 파묻혀 버린 루하였지만 충분히 대비를 해두었던 덕분에 오히려 처음보다는 충격이 덜했다. 루하는 그 즉시 땅을 박차 무너져 내리는 지붕을 뚫고 튀어 올랐다. 그리고 허공중에서 급격히 방향을 바꾸어 이번엔 그가 먼저 강시를 향해 몸을 날렸다.

두 번의 충돌에서 힘에 밀리긴 했지만 그거야 전혀 준비가 안 된 상태에서 당한 기습일 뿐이다. 제대로 내력으로 맞붙는다면 절대로 지지 않는다. 전부는 아닐지라도 강시의 내단을 한껏 흡수한 조화지기의 힘은 비할 데 없이 강하니까. 폭주 강시와의 내력 대결에서도 밀리지 않았으니까. 심지어 그때는 세 번째의 환골탈태가 있기 전이었는데도 말이다.

"좋아, 한판 붙어 보자고!"

두 주먹에 한껏 조화지기를 머금었다. 그리고 그것을 그대로 폭주 강시를 향해 퍼부었다. 아니, 퍼부으려 했다.

그런데,

구오오오오—

그 순간 대기가 진동하는가 싶더니 강시의 오른손에서 눈부시도록 찬란한 빛 무리가 폭출되는 것이 아닌가?

그 예기치 못한 상황에 심상치 않음을 느낀 루하가 강시를 향해 뻗어내던 주먹을 급히 갈무리하고는 뒤로 훌쩍 물러났다.

그리고 긴장과 경계로 날카롭게 눈을 빛냈다. 그런 그의 시야에 들어온 것은 검이었다.

아직도 사방으로 빛을 뿌려대는 그 빛 덩어리는 놀랍게도 검의 형태를 하고 있었다.

'대체 저게 뭐야?'

검강? 검강이라고 하기에는 정작 강기를 담는 검이 없다.

무형검? 하지만 분명히 형태는 있다. 천하명검이라 한들 어찌 저것보다 뚜렷하고 확실할 수가 있을까?

그럼 대체 뭐란 말인가?

루하의 얕은 지식으로는 저것이 광검(光劍)이라는 것도, 광검이란 것이 궁극에 이른 검강의 또 다른 형태라는 것도 알 수 없었다.

하지만 단 하나 분명한 것은 있었다.

강시가 어마어마한 검의 고수라는 것, 그리고 아무리 세 번의 환골탈태를 이룬 그라고 해도, 아무리 그의 몸이 금 강불괴에 버금간다고 해도 저 빛 덩어리를 빈손으로 상대 할 수는 없다는 것. 사실 무턱대고 무식하게 힘으로 휘둘러 대는 것일 뿐, 권장지각에 대한 배움이 전무한 루하인 것이 다.

검이 있어야 했다. 하지만 황궁에 오느라 자신의 검을 챙 겨오지 않았다. 그리해 황급히 주위를 둘러보았으나 당장 주워 들 만한 검이 보이지 않는다.

그때였다.

"이거 받아!"

갑작스럽게 들려온 낯익은 목소리에 루하가 고개를 돌렸 다. 그를 향해 날아오고 있는 묵빛의 검 뒤로 역시 낯익은 얼굴이 보인다.

설란이었다.

녹류원에 있어야 할 설란이 루하의 검을 챙겨 들고 달려 온 것이었다.

"야! 네가 왜 여기 있어?"

"이렇게 시끄러운데 어떻게 가만있어?"

"여긴 위험하다고! 얼른 멀리 피해 있어!"

"응. 알았으니까 너나 조심해."

"걱정 마! 강시 때려잡는 건 내 전문이잖아."

어쨌거나 설란 덕분에 그에게도 검이 생겼다. 저 찬란히 빛나는 강시의 광검에 비하면 정말이지 볼품없는 모양새지만 바로 이 검으로 폭주 강시를 갈기갈기 찢어발겼다.

"그래! 그렇잖아도 요즘 몸이 근질근질했는데, 오늘 제대로 한번 살풀이를 해 보자고!"

루하는 그 즉시 강시를 향해 거칠 것 없이 신형을 날렸다. 그런 루하에게선 일말의 두려움도 느껴지지 않았다. 오히려 꽤나 신이 나 보였다.

그도 그럴 것이, 그의 말대로 요즘 정말 좀이 쑤셨던 것이다.

폭주 강시를 상대하며 온 힘을 다해 싸우는 맛을 알아버렸지만 정작 폭주 강시를 잡고 나자 더는 그 맛을 볼 수가 없었다. 앵속보다도 더한 중독성으로 갈증에 갈증은 더해지는데, 마땅히 해소할 방법을 찾을 수가 없었다.

그 때문에 마음껏 검을 휘둘러 볼 수 있는 장소를 그리도 찾지 않았던가. 찾다 찾다 못해 쟁천표국을 아예 통째로 옮겨버릴 계획까지 세우지 않았던가.

그런데 지금 다시 마음껏 싸워 볼 상대를 만난 것이다.

어째서 폭주도 하지 않았는데 이토록 강한지는 모르겠지만 어쨌든 이 순간 루하가 느끼는 반가움은 조금 전 강시가 루하를 보며 보였던 반가움과 크게 다르지 않았다.

그리해 서로를 향해 뻗어내는 검은 가공할 정도로 빠르고 강했다.

콰아아아아앙—

충돌했다.

그 한 번의 충돌을 시작으로 루하와 강시의 경천동지한 싸움은 제대로 불이 붙었다.

콰콰콰콰콰콰콰쾅—

삽시간에 수십 수백 번의 검이 교차한다.

그야말로 서로가 한 치의 양보도 없는 공방이다. 이를 지켜보는 사람들의 눈에는 그들의 신형도, 검도 제대로 보이지 않았다. 그저 눈 깜짝할 사이에 두 가닥 빛줄기가 붙었다 떨어지기를 반복하고 그럴 때마다 고막을 찢는 폭발음이 천지를 울린다고 느낄 뿐이다.

그 치열한 공방이 루하에게도 조금 의외였다.

확실히 폭주 강시만큼 강하다.

검 끝에 닿는 묵직함도, 폭풍우가 되어 휘몰아치는 강기도, 살갗을 할퀴어가는 강기의 파편도 정말이지 폭주 강시를 상대할 때의 느낌과 똑같았다. 물론 지금 루하의 실력은 폭주 강시를 상대할 때와는 비할 바가 아니었다. 세 번째의 환골탈태로 인해 스스로 느끼기에도 그때와는 비교도 안 될 만큼 강해졌다.

그런데도 좀처럼 승기를 잡을 수가 없다. 승기는커녕 그나마 내공이라도 압도적이었기에 근근이 동수를 유지하고 있는 중이었다.

'젠장! 뭐가 이따위야?'

도무지 자신이 원하는 대로 흐름이 이어가지지가 않는다. 충분히 이길 수 있을 것 같은데도 막상 검을 나누다 보면 어느 순간 수세에 몰려 방어에만 급급해져 버린다.

강시의 검술 때문이었다.

얼핏 보기에는 단순했다. 하지만 거기에는 그가 한 번도 경험해 보지 못한, 측량할 수 없는 무언가가 있었다. 그 무언가가 내공의 우세만으로는 어찌할 수 없는 벽을 만든다.

막막하고 답답하다. 그런 와중에도 어딘지 낯이 익다.

뭘까? 이 익숙함은?

어디서 본 것 같은 이 기시감은?

답은 어렵지 않게 나왔다.

'그래! 구대문파!'

운장산에서 구대문파 제자들이 펼쳤던 무공들…… 비록 형태와 수준은 달랐지만 뿌리라고 할지 기본이라고 할지, 그 깊은 곳에 담긴 측량할 수 없는 무언가가 분명 화산의 검에도 있었고 곤륜의 검에도 있었다.

그것을 인식한 순간 루하의 눈이 흥미롭게 반짝였다. 입가에는 재밌겠다는 듯 히죽 실소가 걸렸다.

그리고…… 루하의 검이 변했다.

*   *   *

"무극칠절(無極七絶)!"

설란의 눈이 동그랗게 떠졌다.

지금 루하를 상대로 강시가 펼치는 검술을 알아본 때문이었다.

무극칠절.

사백 년 전 소수마후가 단신으로 무당파 이백 고수를 죽이고 홀연히 사라진 그날, 장서각이 불타며 사라진 무당파의 절전무공들 중 하나였다.

태극혜검과 견줄 수 있다 알려진 도가의 무공이 지금 강시의 손에서 시전되고 있었다. 루하가 그 무극칠절에서 화산과 곤륜의 검을 떠올린 것도 그 같은 이유에서였다.

'광검에서 빚어지는 무극칠절이라니……'

실제 눈으로 보고도 믿기지 않는다.

하지만 걱정은 되지 않았다.

무극칠절이 아무리 희대의 무공이라고 해도, 루하가 검에 관해서만큼은 아직 걸음마 수준이라고 해도, 루하에겐 단혼팔문도가 있으니까. 단혼팔문도라면 능히 무극칠절과 자웅을 겨룰 수 있었다.

아니나 다를까, 그때 루하의 검이 변했다.

설란은 당연히 단혼팔문도라 생각했다. 한데, 단혼팔문도가 아니었다.

'……?'

낯설다기보다는 난데없다. 뜬금없고 생뚱맞다.

대체 왜?

"검영삼파(劍影三波)!"

어째서 루하의 검에서 곤륜파의 영이검법(狆夷劍法)이 펼쳐진단 말인가?

"검화난분(劍花亂紛)!"

어째서 루하의 검에서 화산파의 낙영검법(落英劍法)이 펼쳐진단 말인가?

구대문파의 무공이라니?

'쟤가 구대문파의 무공을 어떻게 알고?'

지금 루하의 검에서 시전되고 있는 것은 삼재검처럼 흔하게 구할 수 있는 무공들이 아니었다. 구대문파의 직전제자들에게만 전수되는 비전절예였다.

지금까지 루하가 아는 거라고는 삼재검과 단혼팔문도가 전부였다. 다른 잡다한 것들을 더러 배워 익혔다고 해도 근본이 되는 것은 삼재검이었고 성명절기라 할 수 있는 것은 단혼팔문도였다. 그런 루하가 대체 언제 구대문파의 무공을 접했단 말인가?

가득한 의문 속에서 불현듯 떠오르는 것이 있다.

분명 이번 여정을 시작하기 전까지만 해도 구대문파의 무공을 일절 접해 본 적이 없는 루하. 무공은커녕 폭주강시의 일로 섬서에서 잠깐 안 좋은 인연으로 옷깃을 스친 것이 구대문파와의 인연의 전부였다.

그렇다는 것은 루하가 구대문파의 무공을 접한 것이 이번 여정 중이라는 뜻이다. 그리고 이번 여정 중에 그럴 만한 기회는 딱 한 번뿐이었다.

마풍객잔에서 구대문파의 제자들과 만났던 날. 간밤에 홀연히 사라졌다가 저녁 무렵에야 돌아와서는 대어니 황금잉어니 하며 영문 모를 소리를 해 댔던 날. 분명 그때 구대문파의 제자들과 무슨 일이 있었던 것이 틀림없다.

'그날 대체 무슨 일이 있었던 건데?'

괜스레 심통이 난다.

'사람을 이렇게 벙찌게 만들어 놓고 혼자 뭐가 저리도 신난 거야?'

정말이지 즐거워 보이는 루하다.

아니, 정말로 루하는 즐거웠다. 온몸의 신경이 저릿저릿 할 정도로 아주 재밌어서 미칠 지경이다.

사실 그가 펼치는 구대문파의 무공이라 해봤자 그날 구대문파의 제자들과 놀이 삼아 손속을 겨루며 보고 배운 것일 뿐이다. 더구나 그날 구대문파의 제자들은 루하의 위세에 눌려 자신들의 무공을 제대로 펼쳐 보지도 못했다.

그러니 그 잠깐의 배움이 제대로 된 것일 리가 없다. 얕고 일천하다. 그저 형을 흉내 내는 수준에 지나지 않았다. 그런데 강시와 검을 겨루다 보니 그 얕디얕고 일천하기 그지없는 무공에 차츰 깊이가 더해진다.

분명 다른 무공인데도 강시의 검에는 배움이 얕아 비워진 곳을 채워주는 공통된 무언가가 있었다. 그 공통된 무언가가 삼재검에서도, 단혼팔문도에서도, 지금껏 보아 왔던 그 어떤 무공에서도 느낄 수 없었던 어떤 욕구를 자극한다.

더 알고 싶다.

더 느끼고 싶다.

잡힐 듯 잡히지 않는, 명확하면서도 또한 실체 없이 흐릿한, 너무도 커서 오히려 제대로 보이지가 않는 저 앞의 무언가를 손 안에 가득 쥐어 보고 싶다.

그 강렬한 욕구가 얇디얇은 루하의 검에 깊이를 더하고 일천하기 그지없는 초식에 뼈와 살을 붙인다.

그 바람에 팽팽하던 균형이 무너지고 있었다. 그도 그럴 것이, 압도적인 내력의 차이 덕분에 얇고 일천한 초식으로도 동수를 유지했던 루하다. 반대로 그 부족한 내력의 차이를 검술의 우세함으로 메우고 있던 강시다. 그런데 검을 나누면 나눌수록 루하의 검은 일취월장, 빈곳이 메워지고 허술함이 사라진다. 그렇게 점점 더 완성되어 갈 때마다 그만큼 검술의 우세도 차츰 그 차이가 좁혀지니 전세는 급격히 루하 쪽으로 기울어지고 있었다.

결국 이대로는 안 된다 생각한 것일까?

루하와 치열하게 얽히며 검을 주고받던 강시가 돌연 방향을 틀며 몸을 날린다.

순간 어리둥절한 루하다.

무슨 꿍꿍인가 싶었다.

하지만 자신에게 등을 보인 채 사람이며 건물이며 할 것 없이 앞을 막는 모든 것을 다 때려 부수며 질주하는 강시를 보고 있자니 생각할 수 있는 것은 하나뿐이었다.

'뭐야? 도망치는 거야?'

도망치고 있었다. 뒤도 돌아보지 않은 채로 걸음아 나 살려라, 정말이지 필사적으로 줄행랑을 치고 있는 것이 분명했다.

'이게 무슨……'

한창 열이 올라 있는데 이 무슨 황당하고 어이없는 상황이란 말인가?

그렇게 루하가 그 예기치 못한 상황에 멍해 있는 그때, 누군가의 다급한 외침이 들렸다.

"야, 양심전이다! 강시가 양심전으로 간다!"

"폐하께서 위험하시다! 막아! 쫓아!"

사방에서 난리를 쳐 댄다.

당연한 일이다. 양심전이라면 황제의 침소가 아니던가. 그리고 아까 태화전 환관의 말로는 그때까지도 침소에서 나오지 않고 있다고 했다.

이 소란의 와중에 아직까지 잠이나 자고 있을 리 만무하겠지만, 어쨌든 지금 강시가 향하고 있는 방향이 양심전이라면 황제의 안위를 장담할 수 없는 상황이었다.

아무리 황제 같지도 않은 황제고 그래서 못마땅하다고 해도 명색이 이 나라의 주인이다. 이 나라 지존의 목숨이 경각에 달린 판국에 루하라고 태평할 수만은 없었다.

"젠장! 한창 재밌어지는 판국에 저 자식은 왜 난데없이 흥을 깨고 지랄이야?"

입으로는 투덜대지만 두 발은 이미 땅을 박차 강시를 향해 빛살처럼 날아가고 있었다.

경공이란 것이 결국은 내공에 절대적으로 영향을 받는 것인 만큼 강시를 따라잡는 건 금방이었다. 물론 금방이라고 해도 그 사이 전각 여섯 채가 풍비박산 나고 일곱 번째의 전각 앞에서야 겨우 막아설 수 있었지만 말이다.

그런데, 그 일곱 번째 전각이 아무래도 양심전인 모양이다.

어깨를 훌쩍 드러낸 속옷 차림부터 옥과 금붙이로 치렁치렁 장식한 비단옷까지, 각양각색의 옷을 입었지만 환관들을 제외하곤 보이는 것은 죄다 여인들이었다.

아니, 딱 한 명 사내가 있다.

겁에 질려 주저앉아 오줌을 지리는 중에도 양팔에는 여인들을 끼고 있는 사내, 입는 둥 마는 둥 옷고름이 다 풀어헤쳐져 있지만 걸치고 있는 것은 분명 황룡포고 비뚤하게나마 반쯤 걸치고 있는 것은 익선관이다.

'황제……?'

달리 누가 있겠는가.

참 볼품없다.

겁에 질려 오줌을 지리고 있는 것도 그렇지만, 저 퀭하고 흐리멍덩한 눈 하며 볼이 쏙 들어간 얼굴 하며, 이제 겨우 서른이나 되었을까 싶은 나이인데 도무지 정기라고는 눈을 씻고 찾아봐도 없다.

'황궁에서 몸에 좋다는 건 다 먹고 살 텐데 얼마나 주색에 빠져 살면…….'

한심하기 그지없다. 저런 한심한 작자를 굳이 지켜 줘야 하는 건지 새삼 회의가 든다. 하지만 어차피 황제를 지키기 위한 싸움이 아니다. 황제의 목숨은 그저 부가적인 것일 뿐, 그의 목적은 오로지 강시였다.

그나저나,

'이놈의 겁쟁이 강시가!'

루하가 앞을 가로막자 이번에도 방향을 틀어서는 뒤도 돌아보지 않고 다시 내빼기 바쁘다.

"야, 이 겁쟁이 강시야! 넌 강시로서 자존심도 없냐!"

지금껏 손가락으로 다 꼽을 수도 없을 만큼 강시를 상대해 봤지만 이렇게 자존심 없는 강시는 또 처음이다.

"살살해 줄게. 살살해 줄 테니까 좀 더 나랑 놀자고!"

루하가 급히 강시를 쫓으며 달래 보기도 하지만 전혀 먹혀들지 않았다. 단순히 속도로만 따지면 루하에 비할 바가 아닌데도, 따라 잡았다 싶으면 마치 미꾸라지처럼 빠져나가 버리고 또 잡았다 싶으면 빠져나가 버리는 바람에 황궁의 전각이란 전각은 죄다 초토화가 될 판이다.

결국 루하의 인내에도 한계가 왔다.

빠직!

"이런 썅! 그만 좀 까불어!"

짜증이 폭발했다. 또한 검기도 폭발했다.

콰콰콰콰콰콰—

산을 부수었던, 아니, 그때보다도 몇 배는 강한 강기가 강시에게 퍼부어졌다.

그것만큼은 강시도 피하지 못했다. 긴박한 순간 광검으로 앞을 막아 보지만,

콰아아아앙!

엄청난 폭발음에 이어 밀려드는 도무지 항거할 수 없는 거력에 '크엉!' 짧은 신음을 토하며 주르륵 미끄러진다.

그 사이 이미 땅을 박차며 신형을 날아올린 루하가 미끄러져 나가는 강시를 단숨에 따라잡아 다시 검을 휘둘렀다.

콰아아앙!

이번에도 막았다. 하지만 미끄러지던 여력에 다시 한 번 루하의 공격이 더해지자 아예 맥없이 퉁겨져 날아가며 세 개의 담과 두 채의 전각을 관통해 버린다. 그럼에도 죽지는 않았다. 포탄이라도 터진 듯 시커멓게 피어나는 흙먼지 속에서 비틀거리며 근근이 몸을 일으켜서는 다시 루하의 반

대 방향으로 몸을 날린다.

기가 막힐 노릇이다.

'강시 주제에……'

저토록 강한 집념이라니? 살아야겠다는 저 처절한 몸부림이라니?

어울리지 않는다.

그럴 만한 자격도 권리도 없다. 이미 한 번 죽어 없어진 목숨이 아니던가.

그 어울리지 않는 집념이, 그러한 집착이 한껏 달아올랐던 흥을 깨트렸다.

싸울 맛이 싹 가셨다.

마치 말 못 하는 짐승을 괴롭히고 있는 것 같은 찜찜함마저 느껴졌다. 하지만 저대로 둘 수는 없는 노릇이다.

상대는 강시였다. 더구나 어찌 된 영문인지 폭주 강시처럼 민간인들에게마저 마구잡이로 살육을 퍼부었다. 만일 이대로 강시를 놓아주면 또 얼마나 많은 무고한 사람들이 해를 입게 될지 모르는 일이었다.

그리해 입술을 잘근 깨물었다.

굳건히 검을 말아 쥔다. 그런 루하의 눈빛은 단호했다.

이윽고, 비틀거리며 도주하고 있는 강시를 향해 몸을 날렸다. 그리고 단숨에 거리를 좁혀 태산압정(太山押頂), 말

그대로 태산을 쪼개듯이 정수리에서부터 검을 갈랐다.

그걸로 끝이었다.

쇄아악—

파공음인지 절단음인지 모를 섬뜩한 소리가 들리고, 끝내 도주하던 채로 털푸덕 널브러진다. 그리고 잠시 후, 그렇게 널브러진 강시의 몸이 스스스 하얀 연기가 되어 허공으로 흩어진다.

주인 잃은 옷가지.

한데, 옷가지 속에 얼핏 반짝이는 보석이 보였다.

'내단인가?'

역시 그것부터가 폭주 강시와는 다르다. 일반적인 강시와는 달리 폭주 강시는 아무것도 남기지 않은 채 폭발해 버렸으니까. 하지만 그렇다고 이 강시가 일반적인 강시와 같은 것도 아니었다.

다르다.

색깔이.

옷더미 사이로 얼핏 보이는 내단은 지금껏 보았던 붉은색이 아니었다.

사이하지도 섬뜩하지도 않다.

하늘보다도 맑고 바다보다도 짙은, 그것은 그저 보고 있는 것만으로도 마음에 청량감을 일으키는 푸른색의 내단이었다.

*   *   *

그 난리통에 책봉식이고 뭐고, 조정 대사가 모조리 취소되었다. 황궁 자체가 거의 초토화가 되다시피 한 데다, 눈앞에서 강시를 마주했던 황제의 심신이 정사를 돌볼 수 없을 만큼 쇠약해졌기 때문이었다.

그리해 루하와 설란은 곧장 녹류원으로 돌아왔다. 녹류원으로 돌아와서 그들이 가장 먼저 한 일은 강시에게서 나온 푸른색 내단을 살피는 것이었다.

"어때?"

루하가 궁금해하며 물었다.

하지만 설란에게선 바로 대답이 나오지 않았다.

지금 설란의 표정은 꽤나 심각했다.

때로는 눈에 이채를 띠기도 하고 때로는 영문 모를 감탄성을 토하기도 한다. 그렇게 아무 말 없이 내단만 살피기를 두 시진, 그제야 설란이 처음으로 입을 뗐다.

"이거…… 진화한 거 같아."

"진화?"

"강시가 진화를 한 건지, 아니면 내단 자체가 진화를 한 건지는 모르겠지만 사기(邪氣)가 빠지고 거칠고 불완전하던 것이 완전해졌어."

무슨 말인지 잘 이해가 안 된다.

설란이 설명을 덧붙였다.

"그러니까 강시가 내단의 힘을 온전히 사용 못 했던 것이 내단 자체의 불완전함과 내력을 에워싸고 있는 두텁고 단단한 사기 때문이었는데, 그게 사라진 거야."

"그럼…… 아까 그 강시가 강했던 게 내단의 힘을 완전히 다 사용할 수 있게 되어서라는 거야? 폭주 강시처럼?"

"폭주 강시와는 조금 달라. 폭주 강시는 폭발하는 내단의 기운을 그대로 흡수해 버린 거고, 그래서 내단이 남아 있지 않았던 거야. 근데 이건…… 내단이 진화하면서 내단에 깃들어 있는 내력을 막힘없이 끌어다 쓸 수 있게 되었다는 거지."

순간, 번뜩 뇌리를 스쳐 가는 것이 있다.

"그럼 이걸 먹으면? 사기가 사라지고 불완전하던 것이 완전해졌으니까 부작용 없이 내공을 얻을 수 있는 거 아냐?"

"사기로 인한 부작용은 없겠지. 하지만 그러자면 두 가지 중 하나의 조건은 충족을 시켜야 해."

"조건?"

"내단의 힘을 능숙하게 다룰 수 있는 방법을 알고 있거나, 내단의 힘을 견딜 수 있을 만큼 몸이 단단하거나. 붉은색이든 푸른색이든 결국 보통의 사람들에겐 신외지물인 건마찬가지라는 거지. 아무 쓸모없는."

"그럼 난? 내가 먹으면?"

"아직도 더 강해지고 싶니? 이미 적수가 없는데?"

"이기고 싶어서 강해지려는 게 아니니까. 그냥 강해지고 싶어서 강해지려는 거지."

오히려 강해지면 강해질수록 강함에 대한 갈증과 욕구는 더 맹목적이게 된다.

그런 루하의 욕망이 설란은 싫지 않았다. 아무렴 돈이나 권력욕 같은 물욕에 비하면야 훨씬 순수하고 멋스럽지 아니한가.

하지만 설란의 대답은 루하의 기대에 응해 주지 못했다.

"환골탈태를 하고도 내단의 절반밖에는 흡수하지 못했어. 그건 아직 네 몸이 그 정도밖에는 견딜 수 없다고 조화지기가 판단을 내린 거야. 물론 이건 이 자체로 완전한 것이라 네 안에 있는 내단과는 반응이 다를지도 몰라. 힘을 제어하는 것이 훨씬 더 수월할 수도 있고. 하지만 조화지기가 어떻게 반응할지, 그리고 네 안에 남아 있는 내단이 또 어떤 반응을 보일지 아무것도 확인이 안 된 상태에서 무턱

대고 취하는 건 너무 위험해."

"음⋯⋯."

아쉬움과 마뜩잖음이 동시에 묻어나는 침음성이다.

그러나 설란은 루하의 그 같은 반응을 무시하고 말을 이었다.

"지금 중요한 건 이걸 취할 수 있느냐 없느냐가 아냐."

"⋯⋯?"

"전에도 말했지만 지금 세상에 나와 있는 강시는 환혼혈강시야. 그리고 환혼혈강시는 불로불사에 가장 근접한 존재고. 너도 그간 강시를 상대해 보며 느꼈겠지만 이지가 상실된 상태에서도 마치 살아 있는 생명처럼 기억과 감정이 남아 있었어."

중경에서 만났던 남녀 강시만 해도 처절하리만치 애틋하게 서로를 위하지 않았던가.

"불로불사에, 그리고 생명에 가장 근접해 있는 환혼혈강시이기에 가능한 일이야. 그리고 그걸 가능하게 해주는 것은 분명 내단일 테고. 즉, 내단에서부터 생명이 잉태된다는 거지. 근데 생명을 잉태하는 내단이 완전해진 거야. 그게 뭘 뜻하겠어?"

"그러니까 네 말은⋯⋯ 아까 그 강시가 진짜 사람이 되기라도 했다는 거야?"

"어쩌면. 그리고 또 어쩌면……."

"또 어쩌면?"

"불로불사의 완성일 수도 있고!"

눈빛이 뜨겁다. 목소리마저 격앙되어 떨려나온다. 그만큼 지금 설란은 자신이 뱉은 말에, 떠올린 생각에 충격을 받고 있었다.

당연했다. 의술을 배우는 자로서 불로불사라는 그 절대적 명제 앞에 초연할 수 있는 사람이 누가 있겠는가?

하지만 루하는 시큰둥했다. 심지어 설란의 부푼 떨림에 찬물마저 끼얹었다.

"불로불사는 아냐."

루하의 단호한 부정에 설란이 의아히 물었다.

"어째서?"

"불로불사든 뭐든, 그것도 먼저 온전히 살아난 다음의 일이잖아. 근데 아무리 생각해도 아까 그 강시는 온전히 살아 있는 것 같지가 않았거든. 생명이라면 영혼 같은 게 느껴져야 하는데 그건 여전히 그냥 괴물이었단 말이지. 오히려……."

"오히려?"

지금 이 순간 루하가 떠올린 것은 천중산에서 만난 연화였다. 그가 느끼기에는 그녀가 더 생명에 근접했다.

하지만 그 생각은 속으로 삼켰다. 어떠한 경우라도 설란의 앞에서 다른 여인을 입에 담는 것은 그다지 이로울 게 없다는 것을 경험으로 터득했기 때문이었다. 하물며 미모로만 따지면 설란도 한 수 접어 둬야 할 절세의 미녀가 아니던가.

그래서 대강 얼버무리며 말문을 돌렸다.

"아무것도 아냐. 하긴, 아까 그 강시가 불로불사든 아니든 무슨 상관이겠어? 어차피 다시 죽어 버렸는데. 그러고 보면 불로불사란 것도 뭐 별거 아니네. 칼에 베이면 죽는 건 매한가지잖아."

세상을 바꿀 수도 있는 기적을 참 단순하게도 평가해 버린다. 그러다 문득 뭔가를 떠올리고는 눈살을 찌푸린다.

"근데 정말 그 자식, 대체 나한테 왜 그런 거야?"

"뭘?"

"진화를 했든 불로불사를 이루었든 간에 그게 나랑 무슨 상관이라고 황궁까지 날 찾아와서 그 난리를 쳐 댄 거냔 말이야."

"널 찾아온 게 맞긴 한 거야?"

"그렇다니까. 날 딱 보자마자 곗돈 들고 튄 계주 만난 눈을 하더라고."

"그럼 둘 중 하나일 거야."

"······?"

"네 조화지기에 끌렸거나 네 안의 내단에 끌렸거나."

그 두 가지 말고는 사실 생각할 수 있는 게 없다.

"네 말대로 불로불사도 아니고 아직 완전한 생명도 아니라면, 아마도 둘 중 하나가 불완전한 것을 완전하게 해줄 수 있는 것이겠지."

설란의 말에 루하의 눈살이 한층 더 찌푸려졌다.

"그럼······ 이런 강시가 또 생기면 그때도 날 찾아올 거란 말이야?"

"조화지기가 목적이라면 그렇겠지. 목적이 조화지기가 아니라 내단이라면 굳이 널 찾지는 않을 테고. 너 말고도 내단을 품은 강시야 얼마든지 널려 있으니까. 근데······ 또 생길까?"

"이미 하나가 그렇게 됐는데 그런 게 또 안 생기리란 보장이 없잖아."

하나가 아닐 수도 있다. 강시는 아직 여든 구가 넘게 남아 있다. 최악의 경우 그 모든 강시들이 한꺼번에 진화해서 자신을 덮칠 수도 있었다.

감당 안 된다.

생각만 해도 끔찍하다. 어느 날 쟁천표국이 남궁세가의 전철을 밟게 될 수도 있는 것이다.

'그런 일이 생기기 전에 먼저 선수를 쳐?'

진화를 하기 전에 강시의 종자를 깡그리 씨를 말려야 하나 심각하게 고민해보는 루하다. 하지만 고민은 오래가지 않았다.

'하긴, 강시를 때려잡든 씨를 말리든 그것도 일단 여기부터 벗어난 다음의 일이지.'

언제까지 이곳에 있게 될지 기약도 할 수 없는 상황이다.

황궁이 난장판이 되었는데 황실이고 조정이고 자신의 책봉식에 대해 제대로 신경이나 쓸까 싶다.

'설마…… 황궁이 다 복원될 때까지 기다리라고 하는 건 아니겠지?'

생각하자니 답답함만 더하는데 다행히 진천왕은 그를 그렇게 오래 기다리게 하지 않았다. 그로부터 정확히 사흘 후, 황명을 등에 업은 진천왕이 황제의 책봉 교서를 들고 녹류원을 찾아온 것이었다.

＊　　　＊　　　＊

"……국가가 위급할 때 충성을 바치는 것에 어찌 신하와 백성의 구분이 있겠는가. 저간에 사나운 괴물이 갑가지 날뛰고 백성을 괴롭히며 급기야 황궁까지 침범하니 국가에 어려움이 많았다. 다행히 하늘에 계신 영령(英靈)의 도움으로 충성스러운 장수가 나타나 괴물을 물리치니 어떻게 상을 주어 면려시키는 법전을 거행하지 않을 수 있겠는가. 이에 정루하를 책훈하여 일등에 봉하고 모습을 그려 후세에 전하며 관작과 품계를 내린다."

그렇게 책봉 교서를 읽은 진천왕 주세양이 무릎 꿇고 엎드려 있는 루하에게 교서를 내밀었다.

"황은이 망극하옵니다."

참 어울리지 않게도 루하가 극경의 자세로 교서를 건네받았다. 그것으로 녹류원에서 단출하게 약식으로 치러진 책봉식은 끝이 났다.

"미안하군. 만조백관 앞에서 근사하게 책봉식을 치르게 했어야 하는데 말이야."

책봉식이 끝나고 간단히 차려진 술상에 마주 앉아 진천왕이 그렇게 운을 뗐다.

미안하다고는 하지만 미안한 얼굴이 아니다. 아쉬움만 가득하다. 만조백관이 보는 앞에서 루하를 통해 자신의 권위를 보여 주려고 했던 애초의 계획이 뜻하지 않게 수포로 돌아가 버렸으니 그럴 만도 했다.

물론 루하야 입장이 달랐다.

"전 뭐 이렇게 책봉식을 마친 것만으로도 만족합니다. 혹시나 황궁 상황이 다 정리될 때까지 기다려야 하는 건 아닌가 진짜 걱정했거든요. 그런 걸 보면 우리 폐하도 그렇게 꽉 막힌 분은 아니신가 봅니다."

"폐하의 뜻이 아니다. 내가 서두른 것이지."

"……?"

"일이 이상하게 돌아가고 있었거든."

"이상하게 돌아가다뇨?"

"서문가에서 연일 폐하께 주청을 올리고 있네."

"주청이라면?"

"자네를 선봉장으로 삼아 강시 토벌대를 꾸리자는 것이네."

"뭐라구요?"

"그리 놀랄 일도 아니네. 강시가 얼마나 위험한 존재인지 직접 눈으로 목도했으니 발등에 불이 떨어진 게지. 허나, 너무 걱정 말게나. 서문가의 입김 정도야 내 선에서 충분히 막을 수 있으니까. 정작 문제는 다른 데 있지."

"……?"

"폐하께서 자넬 곁에 두길 원하시더군."

"예?"

"세상 천지에 자네 옆만큼 안전한 곳이 없다는 걸 직접 목도하셨는데, 당연한 일 아닌가?"

"전 싫은데요?"

"나도 싫네. 그래서 이렇게 급하게 책봉식을 진행한 것이고."

"……."

"난 자네가 폐하의 곁에 머무는 것을 조금도 바라지 않네. 세상에서 단 한 명, 적으로 삼고 싶지 않은 것이 자네니까. 백만 군대로도 막을 수 없는 자네가 황제의 총애까지 얻게 된다면 도무지 대적할 방법이 떠오르지 않는단 말이야. 그러니…… 오늘이 가기 전에 이곳을 떠나 주시게. 겨우 설득을 하긴 했지만 폐하의 마음이 언제 또 바뀔지 모르니까."

참 솔직하기도 하다.

그럼에도 비굴하지 않고 당당하다. 그런 진천왕의 모습이 역시 싫지 않다.

"그러죠 뭐. 저도 여기선 하루도 더 있고 싶지 않으니까. 근데…… 왕야는 괜찮습니까?"

"뭐가 말인가?"

"강시가 얼마나 무서운 존재인지는 왕야께서도 보았지 않습니까?"

"그러니 나도 강시 토벌에는 찬성을 해야 하는 것 아니냐 묻는 것인가?"

"누구에게나 위험하긴 마찬가지인 놈들이니까요."

"그렇지. 위험한 물건들이지. 허나 내겐 그것을 막을 단단한 방패와 그것을 제압할 세상에서 가장 날카로운 칼이 있지."

"······?"

"자네 말이야, 자네. 삼절표랑 정루하. 내게 위험이 닥치면 언제든 자네가 달려와 내 방패가 되고 내 칼이 되어 줄 것인데 내가 무엇을 두려워하겠나?"

모두에게 위험한 것이 내겐 위험이 되지 않는다면 오히려 그건 가장 강력하고 든든한 무기가 될 수도 있다. 진천왕으로서는 굳이 강시를 토벌할 이유가 없는 것이다.

하지만 그거야 어디까지나 루하가 그를 위해 방패가 되고 칼이 되어줄 때의 일이다.

루하가 마뜩잖다는 듯 퉁명스레 대꾸했다..

"전 왕야의 호위 같은 거 될 생각은 추호도 없는데요?"

"호위가 아니라 친구지. 사내가 마음을 나누었으면 그걸로 친구인 것 아니겠는가?"

"우리가 언제 마음을······."

뭔가 마구잡이로 분위기를 이끌어가려는 진천왕의 태도에 은근히 짜증이 치밀어 반박하려는데, 그런 루하의 말을 자르며 대뜸 서찰 봉투 하나를 건네는 진천왕이다.

"자! 이건 우리 우정을 기념하는 증표일세. 자네를 위해 내 특별히 준비했지."

대체 뭔가 싶어 내용물을 확인했다.

그 순간, 치밀어 오르던 짜증은 온데간데없이 사라지고 루하의 얼굴엔 숨길 수 없는 웃음이 급격히 번져 가고 있었다. 그리고……

"맞습니다! 암요! 왕야와 저, 친구입니다! 친구고 말구요! 하하하하!"

왜 아니 그렇겠는가?

진천왕이 내민 것은 대동(大同)에서부터 삭주(朔州), 방산(方山), 중양(中陽)에 이르기까지 거의 산서성의 이 할을 차지하는 땅의 땅문서였다. 면적으로만 보면 쟁천표국을 옮길 부지로 양윤에게 알아보라 했던 땅보다 훨씬 더 컸다. 이로써 생각지도 않게 큰 고민거리 하나가 해결이 된 것이다.

역시 한 수 위다.

당해낼 수가 없다.

가려운 곳을 이리도 잘 긁어 주는 친구라면 평생을 벗해도 좋지 않겠는가 말이다.

第三章

자! 그럼 거래를 해 봅시다!

　　루하는 연신 싱글벙글이다.

　　히죽히죽 웃다가는 손에 들린 땅문서를 보고, 또 히죽히
죽 웃다가 땅문서 보기를 반복한다. 녹류원을 출발한 이후
줄곧 그랬다.

　　"그렇게도 좋니?"

　　"당연히 좋지! 공짜 땅이 생겼는데!"

　　"세상에 공짜가 어디 있니? 결국엔 다 그만큼의 값을 치
러야 하는 거라고. 왕야도 그랬잖아. 자기가 위험할 땐 방
패가 되고 칼이 되어 달라고."

　　"나한테 크게 해만 안 된다면 까짓 그 정도야 해주지, 뭐."

좀 제멋대로긴 해도 그에게 호의를 보이는 사람이고 이 나라 최고 권력자다. 이 땅문서가 아니라고 해도 위험에 처해서 도움을 청하면 모른 척할 수야 없는 사람이다. 그러니 사실상 이 땅은 루하에겐 공짜나 다름없는 불로소득인 셈이다.

"게다가 우리 사이에 오간 것은 청탁이나 뇌물이 아니라고. 어디까지나 순수하게 사내들의 의리였고 그 증표였단 말이야. 사내들의 의리를 그렇게 왜곡해서 보지 말라고."

"흥! 사내들의 순수한 의리라고 하기에는 너 지금 너무 물욕으로 가득한 눈빛을 하고 있거든?"

"물욕이 아냐. 이제 마음껏 무공을 수련할 수 있게 된 것을 순수하게 기뻐하고 있는 거지. 난 이제 돈을 최고의 가치로 생각하던 예전의 내가 아니니까. 무공의, 무공에 의한, 무공을 위해 살아가는 무인 정루하라고!"

가슴까지 탕탕 치며 호기롭게 외친다.

그런 루하의 허세가 한심해서 한마디 더 면박을 주려던 설란은 작은 한숨으로 말을 삼켰다. 요즘 들어 루하의 무공에 대한 자세가 달라진 것만은 분명한 사실이었다. 황궁에서 강시를 상대할 때의 루하는 분명 검술에 대해, 검예에 대해, 그리고 그제야 처음으로 그림자를 보게 된 그 무한히 크고 깊은 검도에 대해 진심으로 알고 싶어 했다. 그리해 강시가 펼치는 검도와 정말로 진지하게 부딪쳤다.

그건 분명 지금까지와는 다른 자세였다.

지금까지의 루하는 단지 돈을 벌기 위해, 생존을 위해, 그때까지의 비루한 인생을 벗어나기 위해 무공을 배웠다. 하지만 이제 루하가 원하는 것은 무공 그 자체였다. 그 어떤 잡것도 끼어들 틈이 없이 오로지 무공에 대해 궁금해하고 무공에 대해 알고 싶어 한다.

무인으로서 눈을 뜨기 시작했다. 그리고 그를 눈뜨게 만든 것은 분명 구대문파의 무공이었다.

"정말 어떻게 된 거야? 그날 구대문파의 제자들과 무슨 일이 있었던 거야?"

설란이 오래 묵혀 둔 질문을 그렇게 꺼냈다.

"무슨 일이 있었기에 구대문파의 무공을 알고 있는 건데? 싸우기라도 한 거야?"

구대문파의 제자들이 루하에게 사문의 무공을 가르쳐주었을 리가 없다. 훔쳐 배운 것이다. 그리고 루하에겐 단 한 번의 싸움으로도 상대의 무공을 훔칠 능력이 있었다. 그게 설혹 구대문파의 무공일지라 하더라도 말이다.

그러나 루하는 이번에도 대답을 얼버무린다.

"그냥 그럴 일이 좀 있었어. 나중에⋯⋯."

"나중에 말고 지금 말해. 무슨 일이 있었던 건데?"

이번만큼은 설란도 쉽게 물러서지 않았다.

그런 설란의 강경한 태도에 잠시 머뭇거리던 루하가 고민 끝에 단서 하나를 달았다.

"이제부터 내가 하려는 일에 아무 딴지도 안 건다고 약속하면 말해 줄게."

루하가 내민 조건에 미간부터 찌푸리는 설란이다.

"또 뭘 하려고…… 이번에도 무림맹이랑 엮이는 일이야?"

"약속하면 말해 준다니까?"

"……."

루하가 거창하게 나오니까 더 불안한 설란이다.

'얘가 정말 또 무슨 사고를 치려는 거야?'

걱정과 불안은 더하는데 지금으로서는 아무것도 알 수 없고, 아무것도 할 수 없다. 무슨 일인지 일단 그것부터 파악해야 했다.

"알았어. 뭘 하든 말리지는 않을 테니까 일단 말해 봐. 그날 구대문파의 제자들과 무슨 일이 있었어?"

"진짜지?"

"그렇다니까. 내가 뭐 너처럼 한 입으로 두말하는 사람이니?"

설란으로부터 그렇게 재차 다짐을 받은 다음에야 루하는 그날 운장산에서 있었던 일을 들려주었다. 구대문파 장문

제자들의 모임인 대정회가 사실은 흑포단이었다는 것과 그
날 그들과 있었던 일들, 그리고 팔월의 마지막 날에 열리는
대정회의 모임에 자신도 참석하기로 했다는 것까지.

그것을 모두 듣고 난 설란의 반응은 단순했다. 흑포단의
정체가 대정회였다는 것에는 놀라워했고, 루하가 대정회의
모임에 참석하기로 했다는 것에는 걱정부터 드러냈다.

"거기 가서 뭘 어쩌려고?"

"사실 처음엔 뭔가 건질 게 있을 것도 같다는 막연한 생
각에 그냥 질러 넣고 본 거야. 그래서 뭘 어떻게 할지 구체
적으로는 정한 게 없었어. 근데……."

"근데 지금은 거기 가서 뭘 어떻게 할지 정했다는 거야?"

"응. 흑포단에 대해 입을 닫아주는 조건으로 구대문파의
무공을 가르쳐 달라 할 거야."

"뭐?"

"이참에 구대문파의 무공이란 걸 아주 제대로 한번 배워
보려고."

허투루 내뱉는 말이 아니라는 듯 루하의 눈빛은 굳건하
다 못해 결연해 보이기까지 했다. 하지만 설란은 그런 루하
의 결정이란 것이 그저 황당할 뿐이다.

"그게 말이 된다고 생각하니?"

"분명 딴지 안 건다고 약속했을 텐데?"

"딴지가 아니라 상식을 말하는 거야. 구대문파 제자들이 그들 사문의 무공을 함부로 가르쳐줄 것 같니?"

"안 가르쳐주면 지들이 어쩔 건데? 지들이 흑포단인 거 까발리면 다 죽은 목숨일걸? 구대문파는 구대문파대로 욕 먹을 테고."

"구대문파가 천 년을 지켜 온 무공이야. 그 천 년 동안 수많은 일들이 있었을 거고. 그런데도 그들이 굳건히 자신들의 무공을 지켜 올 수 있었던 것은 사문의 무공을 자신들의 목숨보다도 중하게 생각했기 때문이야. 그 생각은 유구한 전통 속에서 의지가 되고 신념이 되어 뼛속 깊이 박혀있을 테고. 장담하는데 그 정도 협박으로는 씨알도 안 먹힐걸?"

듣고 보니 그럴 것도 같다. 아니, 설란이 저토록 확신에 차서 말하는 것을 보면 분명 그럴 것이다.

"음…… 그럼 비무 대련을 하자고 할까? 몇 번이고 대련을 하다 보면 얼추 외워질 것 같은데…… 아니다, 전에 보니까 그 인간들한테선 별로 배울 것도 없더만. 강시의 검이랑은 수준 차이가 너무 나."

"당연하지. 그들이 아무리 구대문파 최고의 인재고 그 실력이 뛰어나다고 해도 극성에 이른 무극칠절에는 비할 바가 아니니까."

"무극칠절?"

"사백 년 전에 절전된 무당파 검법이야. 아니, 무광(武狂) 을지율(乙至律)이 무당파에서 파문된 이후에 만든 것이니 무당파의 검법이라고 할 수는 없겠네."

"무광 을지율이 누군데?"

"육백 년 전의 사람이야. 장삼봉 조사 이후로 무당파 최고의 무재라 불렸던 사람. 무공에 대한 광적인 집착 때문에 사형제들을 주화입마에 빠트리고 그 죄로 무당파에서 파문되었고, 그걸로도 모자라서 결국 무극동에 유폐되어 죽었어. 무극동에 갇혀 있는 동안 여섯 개의 무공을 만들었는데 무극칠절이 그중 하나야."

"그런 걸 여섯 개나 만들었다고?"

"응. 그치만 그중 세 개는 사백 년 전에 장서각이 불타면서 사라졌어. 근데 그때 사라졌던 무극칠절을 그 강시는 대체 어떻게 익힌 건지······."

의문은 꼬리에 꼬리를 문다.

소수마후와 무당파의 관계, 소수마후와 혈교와의 관계, 혈교는 정말 천외천의 다른 모습일까? 그렇다면 왜 강시를 만든 것이며 어찌하여 지난 이백 년 동안 죽은 듯이 모습을 감추고 있는 것일까?

설란이 그렇게 오랫동안 묻어 두었던 의문들을 새삼 다

시 떠올리는데, 루하가 물었다.

"그럼 남은 세 개는 지금 어디 있는데?"

"남은 세 개? 을지율의 무공?"

"응."

"그야 다시 장서각에 잘 모셔뒀겠지."

"그건 무당파의 무공이 아니랬지?"

"무당파의 것이긴 해도 무당 무공이라고 할 수는 없지."

"그럼 무당파 제자들이 목숨보다 중하게 생각하지는 않 겠네?"

"그야 그렇…… 너 설마 그걸 달라고 하게?"

"응!"

하나를 보면 열을 안다고, 무극칠절만 봐도 을지율이 남 긴 무공들이 얼마나 대단한지는 충분히 짐작할 수 있었다. 모르긴 몰라도 결코 구대문파의 무공에 뒤지지 않는, 그를 충분히 설레게 해 줄 만한 무공들일 것이 틀림없다.

"아무리 그래도 쉽게 받아들이진 않을걸? 무당 무공을 유출하는 것에는 비할 수 없지만, 허락 없이 함부로 장서각 의 무공에 손을 대는 것도 결코 작은 죄가 아니니까."

"괜찮아. 그 정도는 나도 다 생각해 둔 게 있어."

루하가 자신만만하게 웃는다.

그 자신만만함이 더 걱정되는 설란이다.

'이번엔 제발 좀 사고 안 치고 무사히 지나가야 될 텐데…….'

구대문파와는 좋은 일로 엮이는 것도 꺼림칙한 터에 자칫 큰 분란이 야기될 수도 있는 이런 일로 엮이는 건 정말이지 피하고 싶다. 그러나 어쩌겠는가. 절대로 말리지 않겠다 이미 약속을 해 버린 것을.

그녀가 할 수 있는 거라고는 더 이상 골치 아픈 일이 생기지 않기를 그저 기도하는 것뿐이었다.

*   *   *

강서성 백운산(白云山) 중턱에 취선사(就善寺)라는 작은 사찰이 있다. 얼마 전까지만 해도 승려들이 살았던 곳이지만, 인근에 사나운 괴수가 자주 출몰하는 바람에 승려들 모두가 백운사로 옮겨 가 주인 없는 사찰이 된 지 여섯 달이 된 폐사찰이었다.

그 인적 끊긴 폐사찰에 한 무리의 사람들이 들어선 것은 여름의 끝자락, 늦더위가 한창 기승을 부리던 날의 정오 무렵이었다.

모두 스물두 명, 그야말로 선남선녀라 하기에 부족함이 없는 젊은 남녀들이다. 그런데 어둡다. 귀하게 자란 태가

면면히 흐르는데 어쩐 일인지 그들의 얼굴에는 하나같이 짙은 근심이 드리워져 있었다.

그렇게 어두운 얼굴로 취선사에 든 그들은 곧장 대웅전으로 향했다.

서까래며 기둥이며 할 것 없이 먼지가 뽀얗게 내려앉아 있다. 지금은 텅 비어 있지만 석가모니의 불상이 놓여 있었을 법한 자리에는 심지어 거미줄마저 쳐 있다.

바닥이라고 다를 것이 없다. 그래서 이 젊은 방문객들은 신발도 벗지 않은 채 성큼 대웅전에 발을 디뎠다. 앉지도 않았다. 그냥 질서 없이 서서 누군가를 기다렸다.

물론 그들은 구대문파의 제자들이자 대정회의 회원들이었고, 작금 무림에서 내단 날치기단으로 그 악명이 자자한 흑포단이었다.

약속했던 날짜에 약속했던 장소에서 지금 이렇게 루하를 기다리고 있는 것이다.

누구 하나 입을 열지 않았다.

누구 하나 가벼이 입을 못 뗄 만큼 지금 그들의 심중에 들어찬 바위덩이는 무거웠다. 아니, 더 할 말도 없었다. 여기에 도착하기 전에 이미 서로 간에 수많은 말을 나누었으니까. 그런데도 미칠 듯한 답답함과 숨이 턱턱 막혀 오는 불안은 조금도 가시지 않았다. 천 마디, 만 마디 말을 나눠

본들 자신들의 목숨 줄을 틀어쥔 삼절표랑이 대체 무슨 요구를 해 올지, 어떤 협박을 해 올지, 거래의 여지가 있기나 한 건지조차 알 수 없는 것이다.

그렇게 머릿속을 어지럽히는 온갖 불안한 잡념들을 애써 억누르며 기다리기를 얼마간, 해가 뉘엿뉘엿 질 무렵 루하가 대웅전에 들어섰다.

처음 보는 사람들도 있고 이미 한 번 만난 얼굴들도 있다.

짙은 정적 속에서 혹은 낯설고 혹은 낯익은 얼굴들을 가로지르며 대웅전 가장 깊은 곳에 자리를 잡은 루하가 그들 앞에,

탁—

제법 묵직해 보이는 옥함 하나를 내려놓으며 환하다 싶을 만큼 친근하게 씨익 웃었다.

'……저자가 삼절표랑…….'

운장산에서 일면식이 있는 사람들이야 루하를 보며 별다른 반응을 보이지 않았지만 무당, 청성, 아미, 형산, 점창파의 제자들은 소문으로만 듣던 루하의 모습을 날카롭게 살핀다.

익히 들어 알고 있는데도 막상 루하의 앳된 모습이 잘 적응이 되지 않는 모양이다. 더러는 놀라워하고 더러는 신기

해한다. 그런 중에도 강한 경계를 숨기지 않는다.

그런 그들의 면면을 잠시 훑어가던 루하가 고개를 끄덕였다.

"다들 빠짐없이 참석하셨나 보군."

여덟 문파, 총 스물두 명.

소림은 없다. 애초에 소림의 장문제자는 대정회 같은 사사로운 모임에는 끼지 않았다고 했다.

"그럼 일단 서로 간에 통성명부터…….."

"통성명이나 하자고 우리를 모이라 한 것은 아니지 않소?"

그렇게 루하의 말을 자른 것은 형산파의 제자였다.

굳이 통성명이 필요 없다. 대정회에 속한 것이 누구누구인지는 이미 운장산에서 다 파악해 두었다. 당연히 형산파 제자의 이름도 알고 있다.

형산파 장문인 여문기의 넷째 제자 능유(能柳). 위로 세 명의 사형들을 제치고 장문제자로 선택될 정도로 그 무재가 뛰어난 자였다.

'누가 그 인간 제자 아니랄까 봐, 성격 한번 급하군.'

여문기의 제자라는 것만으로도 괜히 불쾌해지는 루하였지만 입가에 떠올린 미소는 지우지 않았다.

"하긴, 서로가 누구인지 뻔히 아는데 통성명은 필요 없겠네. 그럼 바로 본론으로……."

"그 전에 우리 신패부터 돌려주셔야 하지 않겠소?"

이번에 루하의 말을 끊은 것은 종남파의 이청운이었다.

"분명 오늘 회합 날에 돌려준다 하지 않았소!"

이청운의 말에 전날 운장산에서 그에게 신패를 빼앗겼던 여섯 명이 사납게 루하를 노려본다. 그 사나운 눈빛 속에는 혹시라도 루하가 한 입으로 두말을 할까 불안이 가득했다.

하지만 괜한 걱정이다. 가지고 있어 봐야 쓸모도 없는 물건, 계속 끌어안고 있을 생각 없었다.

품속에서 신패 여섯 개를 꺼내어 제 주인에게 돌려준 루하가 말을 이었다.

"아무튼 내가 여기 온 이유는…… 당신네들과 거래를 좀 해 보기 위해서야."

"거래라니? 무슨 거래를……?"

"흑포단!"

"……."

"세상에 알려지는 순간 당신들 목이 달아날 수도 있는 그 치명적인 비밀을 지켜 주는 조건으로 뭐 좀 가져다줬으면 하는 게 있단 말이지."

루하의 말에 능유가 그 즉시 버럭 외쳤다.

"지금 우리의 약점을 잡고 협박을 하는 것이오!"

"이건 거래가 아니고 협박이지 않소!"

이청운까지 덩달아서 발끈했다. 능유와 이청운뿐만이 아니다. 모두가 루하를 향해 분노를 터트낸다.

하지만 그러한 흉흉한 분위기에서도 루하는 눈썹 하나 까딱하지 않았다. 오히려 콧방귀를 꼈다.

"그럼 내가 곱게 입을 다물어 줄 거라 생각들 하셨어? 설마하니 내가 아무 대가도 바라지 않고 이 무더위에 이 먼 길을 달려왔을 거라 생각해? 당신들이 뭐라고? 나랑 무슨 상관이라고? 하물며 무림맹과는 척을 지다시피 하고 있는데 대체 무슨 의리로? 어차피! 당신들도 내가 순순히 비밀을 지켜줄 거라 기대하고 여기 오지는 않았을 거 아냐? 안 그래?"

루하의 말대로였다. 비록 칼만 맞대지 않았다 뿐이지 그간 무림맹과 쟁천표국은, 구대문파와 삼절표랑은 사사건건 이해관계가 맞물렸다. 특히 섬서성에서 폭주 강시의 일로 첨예하게 대립한 이후로는 서로 간에 철저하게 등을 돌렸다. 다시는 자신의 눈에 띄지 말라며 엄포까지 놓지 않았던가? 그들의 치부를 알고도 묻어 줄 의리 따위는 애당초 없는 것이다.

"그래서…… 대체 우리에게 무얼 원하는 것이오?"

비교적 차분한 태도를 보이며 그렇게 질문을 던져온 것

은 삼봉오룡의 일인이자 여기 대정회의 수장격인 무당파의 청우였다.

그제야 루하가 다시 얼굴에 접대용 미소를 매달고는 말했다.

"뭐, 크게 엄청난 걸 바라고 그런 건 아냐. 당신들 목숨값에 비하면 정말 별것도 아닌 거지. 그냥 당신들 사문의 장서각에서 안 읽고 버려진 책들 좀 가져다주면 돼. 내가 요즘 뒤늦게 무공에 관심이 많아져서 말이야."

"지금 우리더러 장서각의 비급을 훔치기라도 하라는 말씀이오?"

"훔치는 게 정 그러면 필사본이라도 괜찮아. 물론 아무거나는 안 되지. 아시다시피 내가 아무거나 막 보고 그럴 급은 아니잖아? 최소한의 급은 맞춰야지. 무당파를 예로 들자면…… 무광 을지율의 무공비급 정도?"

순간 가장 평정을 유지하던 청우마저 목에 핏대를 세웠다.

"그게 어디 될 법한 소리요! 장서각의 무공을 훔치라니? 구대문파의 장서각이 어떤 곳인지, 어떠한 의미를 담고 있는 곳인지 알기나 하고 그런 말씀을 하시는 거요? 장서각은 구대문파 천 년의 역사가 담긴 곳이오! 구대문파 천 년의 증거란 말이오! 게다가 무광 을지율의 무공비급이라니?

대무당파가 육백 년을 지켜 온 보물을 훔치라니? 할 수 없소! 하지 않겠소!"

"내가 당신들의 죄를 세상에 다 까발려도? 그리되면 아마 당신들 목숨 정도로는 수습이 안 될걸? 세상은 당신들이 한 일을 당신들 독단으로 저지른 일이라 생각지 않을 테니까. 그런 엄청난 일을 당신들이 독단으로 저지른 거라고 누가 믿겠냐고. 당연히 당신들 뒤에 구대문파가 있고, 무림맹이 있다 의심하겠지. 무림맹이, 구대문파가 괴수의 내단이 탐나서 제자들을 내세워 그런 짓을 벌인 것이다, 그렇게 의심들을 하겠지. 아무리 해명하고 토로해도 소용없을 거야. 이미 인심을 잃을 대로 잃어버린 무림맹이고 구대문파니까. 다시 말해 당신들이 흑포단이라는 것이 세상에 알려지면! 당신들이 말하는 그 대단한 천 년의 역사가 한순간에 오욕으로 물들 수도 있다는 말이야. 그 천 년의 영광을 다시는 되돌릴 수도, 되찾을 수도 없게 될 거라는 말이야!"

"그럴 리 없소! 지금은 비록 흔들리고 있으나 그리 간단히 뽑힐 만큼 구대문파의 근간은 얕지도 허약하지도 않소!"

"물론 그렇겠지. 솔직히 나도 그렇게 간단히 구대문파가 무너질 거라고는 생각 안 해. 하지만 세상사 어디로 튈지 모르는 게 민심이라잖아. 민심이 떠나면 천 년 제국도 무너지는 게 세상 이친데 구대문파라고 어떻게 장담해? 아니, 무너지지 않는다고 해도 그래. 적어도 구대문파의 명성이 지금보다도 훨씬 더 안 좋아지는 건 명명백백한 사실 아냐? 정말 그 모든 걸 감수할 자신 있어?"

"……."

순간, 청우의 눈동자가 흔들렸다. 극단적인 가정을 말할 때는 핏대를 세우며 격렬하게 반발했지만, 조금은 차분해진 어투로 말에 현실을 담자 마냥 부정해 버릴 수가 없는 것이다.

루하는 이때다 싶었다.

"잘 생각해 보라고. 어차피 무당파에는 쓸모도 없는 비급이야. 육백 년을 내버려둔 건데 앞으로 다시 육백 년이 더 지난다고 그게 장서각에서 나올 일이 있겠어? 쓰지도 않을 물건, 그걸 내가 좀 보기로서니 무당파에 해가 될 일이 뭐가 있냔 말이지. 게다가 원본을 달라는 것도 아니고, 필사본이면 된다니까? 고작 필사본으로 그 큰 비밀을 막아주겠다는 건데 오히려 당신들한텐 싸게 먹히는 거 아냐?"

루하의 말에 능유가 물었다.

"우리가 당신의 약조를 어찌 믿는단 말이오?"

능유의 말에 루하가 가소롭다는 듯 피식 실소를 흘렸다.

"내가 누구라고 생각하지? 천하 무림에 내 이름 석 자보다 무거운 것이 있나? 내 이름 석 자보다 믿을 수 있는 것이 있나? 삼절표랑 정루하! 무림에 몸담은 자가 이 이름을 믿지 못한다면 대체 무엇을 믿겠다는 거지?"

"……."

루하의 말에 그 누구도 토를 달지 못했다.

그들은 루하가 한 입으로 두말하기를 밥 먹듯 한다는 것을 모른다. 조금은 경박하고 자유분방한 그 성격도 모른다. 그들이 아는 것은 삼절표랑이 천하에서 가장 강한 자라는 것과 천하에서 가장 강한 자의 이름은 또한 천하에서 가장 무겁다는 것뿐이다.

어찌 그 입에서 허튼소리가 나오겠는가.

눈빛들이 사뭇 달라졌다.

더러는 어쩔 수 없다 체념하고 또 더러는 그럼에도 장서각에 손을 댈 수는 없는 일이다 거부한다.

하지만 거기에는 처음과 같은 단호함은 없었다.

갈등하고 망설인다.

그런 그들을 보며 루하가 한마디 덧붙였다.

"하긴, 쉬운 선택은 아니겠지. 그럼 이거라면 어떨까? 이걸 보면 그 선택이 조금은 쉬워질 것 같은데 말이야."

그렇게 말하며 루하가 바닥에 놓아 둔 옥함을 들어 올렸다. 그렇잖아도 궁금해하고 있었던 것이기에 모두의 시선이 일제히 옥함을 향한다.

그렇게 모두의 시선이 모아진 것을 확인한 루하가 그들이 잘 볼 수 있도록 살짝 옥함을 기울이며 옥함의 뚜껑을 열었다.

순간, 모두의 눈이 휘둥그레 떠졌다.

"그, 그건 설마……!"

"설마 그게 다 괴수의 내단이란 말이오?"

그랬다.

옥함에 담긴 것은 그간 닭수리들이 모아온 괴수의 내단, 아니, 정확히는 강시의 내단 조각이었다.

족히 수백 개는 되어 보이는 내단 조각에 다들 벌린 입을 다물지 못한다.

왜 아니 그렇겠는가? 그들이 그간 위험을 무릅쓰고 흑포단 행세까지 하며 힘들게 모은 조각을 다 합해 봐야 채 열개도 되지 않았다. 그들만이 아니다. 구대문파를 제외하고 난다 긴다 하는 문파들이 모두 괴수 사냥에 뛰어들었지만 여태껏 열 개 이상을 모은 문파는 단 한 곳도 없었다. 그만큼 귀하고 구하기가 어려운 물건이었다.

한데, 삼절표랑은 대체 저 많은 것을 어찌 구했단 말인가?

그러나 의문은 잠깐이다. 잠깐의 의문이 스쳐 간 후에 오는 것은 적나라한 탐욕이다.

저 작은 옥함이 그들에겐 황금으로 쌓아올린 황금산(黃金山)이나 다름없었던 것이다. 아니, 그보다 훨씬 더 크고 값지다.

저 내단 조각을 얻기 위해 무림맹의 명을 어겼고 사문의 법도를 저버렸으며 스승마저 기만했다. 눈앞에 그 배역의 증거들이 수백 개가 쌓여 있는데 들끓는 탐욕을 어찌 감출 수가 있겠는가.

"무공비급을 가져오면 당신들의 비밀을 영구히 함구하는 것은 물론, 이것도 같이 나눠 줄 거야."

"나눠 준다면 어떻게…… 한 권을 가져오면 하나를 주는 것이오?"

조금 전까지의 망설임은 온데간데없이 대뜸 값부터 물어온다.

그 즉각적인 반응에 실소가 터져 나오려 했지만 자칫 경솔했다가는 다 된 밥에 코를 빠트리게 될 수도 있었다. 그래서 짐짓 표정 관리를 하며 대답했다.

"당연히 한 권당 하나는 아냐. 최우선해야 할 것은 양이 아니라 질이니까. 그러니까 질에 따라서 값이 정해질 거야. 내 관심을 끌 만한 것이면 그 가치에 따라서 열 개도, 스무 개도 줄 것이지만 그렇지 못한 것이라면 한 개도 아까워. 음…… 이참에 기준을 정해 둘까? 좋아. 아까 말한 무광 을

지율의 무공."

루하의 눈이 무당파 제자 청우를 향했다.

"무광 을지율이 남긴 세 개의 무공비급을 가져오면 비급 하나당 세 개를 주지."

순간 청우의 눈빛이 뜨겁게 일렁였다.

비급 하나당 세 개, 세 개의 무공비급을 다 넘기면 적게 잡아도 오십 년의 내공이 생긴다. 거의 일 갑자에 이르는 내공을 단번에 얻게 되는 것이다.

어디 청우뿐이랴. 지금 이 순간만큼은 모두의 생각이 같았고 모두의 눈빛이 같았다. 지금 그들은 그들 각 사문의 장서각에 있는 무공비급들을 떠올리고 있었다.

추혼십절(追魂十絶)이라면…….

한백투심장(寒魄透心掌)이라면…….

양의무정검법(兩儀無情劍法)이라면…….

이십사변무의쾌영각(二十四變無儀快影脚)이라면…….

'내단을 몇 개나 받을 수 있을까?'

*   *   *

루하는 떠났다.

붉고 강렬했던 내단 조각의 잔상만이 덩그러니 남은 가

운데, 스물두 명의 대정회 회원은 누구 하나 그 자리를 뜨지 못한 채 루하가 사라진 곳을 멀거니 보고 있다.

긴 정적이 이어졌다.

어둠이 내려 깔린 대웅전에 촛불의 일렁임만이 홀로 그 어둠과 맞서기를 얼마간, 이청운이 긴 정적을 깨고 물었다.

"삼절표랑은 대체 어디서 그 많은 걸 구했을까요?"

이청운의 한마디에 모두가 신경을 곤두세운다.

반사적으로 일어나는 탐욕만큼이나 그 출처가 궁금할 수밖에 없다. 하지만 누구 하나 선뜻 답을 내놓지 못한다.

그때 화산의 모용승이 입을 열었다.

"그걸 어디서 어떻게 구했는지는 모르겠지만, 삼절표랑이 어찌하여 그토록 강한지는 알겠군."

모두가 원하는 대답은 아니었지만 모두의 관심을 집중시키기에는 충분한 말이었다.

모용승의 말에 청성의 자운(紫雲)이 물었다.

"괴수의 내단 때문이라 생각하시는 겁니까?"

"들고 온 내단만 해도 족히 수십 갑자의 내공은 될 것이네. 그것으로 수 갑자의 내공을 키웠다면, 단신으로 강시를 상대하는 것도 가능하지 않겠는가?"

"하지만 불가능합니다. 피륙으로 된 사람의 몸으로 어찌 단시간에 수 갑자의 내공 증강을 견딜 수가 있겠습니까?"

실제로 호남, 귀주, 광서 무림의 연합체인 삼무련(三武聯)은 괴수 사냥에 가장 열을 올린 끝에 단기간에 제일 많은 내단을 확보했지만, 어느 날 탐욕을 이기지 못한 련주 이원영(李元詠)이 그렇게 모은 내단 여덟 개를 홀로 다 삼킨 적이 있었다.

그리고 죽었다. 한꺼번에 삼킨 그 수십 년 치의 내공을 이기지 못하고 그렇게 주화입마에 빠져 처참한 말로로 욕심의 대가를 치러야 했다.

"내가의 고수였던 이원영조차 고작 여덟 개를 감당 못 했는데 수 갑자의 내공이라니…… 단 일각도 견디지 못하고 핏덩이가 될 것입니다. 게다가 삼절표랑은 괴수가 나타나기 전에도 이미 충분히 강했습니다. 괴수와 내단의 효력이 세상에 알려지기 시작한 것은 그가 섬서에서 폭주 강시를 잡고 난 다음이 아닙니까?"

"자운의 말이 맞네. 더구나 폭주 강시는 지금까지의 강시보다 몇 배는 더 강했다고 들었네. 그런 폭주 강시와의 내력 대결에서도 밀리지 않았다는 건 수 갑자가 아니라 수십 갑자의 내공이어야 가능한 일이고. 괴수의 내단으로 수십 갑자의 내공을 단시간에 올렸다? 절대로 불가능한 일이지."

청우의 거드는 말에 모용승도 별다른 반박 없이 수긍을 한다. 수긍은 하지만 의문은 그대로 남는다. 그때 점창의 심적산(沈寂山)이 조심스럽게 끼어들었다.

"혹시…… 괴수의 내단이 아니라 강시의 내단이 아닐까요?"

모용승이 눈살을 찌푸리며 되물었다.

"강시의 내단이라니?"

"혹시 들어들 보셨는지 모르겠습니다만, 괴수의 내단이 사실은 강시의 내단이라는 소문이 있습니다. 지난날 본 맹이 강시 토벌대를 꾸려서 강시를 사냥할 때, 숨통을 끊을라치면 강시가 폭발을 하지 않았습니까? 그리고 그때마다 붉은색의 빛줄기가 사방으로 퍼져 나갔고요. 사실은 그 빛줄기가 강시의 내단이 조각나 부서진 것들이고 그것을 짐승들이 먹고 괴수가 된 것이라는 소문이 있습니다. 못 들어 보셨습니까?"

물론 다들 들어 보았다. 이미 무림에 꽤 많이 번져 있는 소문이었고, 꽤나 신빙성 있게 받아들여지고 있었다. 하지만 익히 들어 알고 있지만 이 자리의 누구도 먼저 말을 꺼내지 않았다. 지금껏 다들 쉬쉬하며 모른 척했다.

아무리 당금 무림을 뜨겁게 달구며 무림인들을 들뜨게 하고 있다고 해도 괴수는 세상에서 없어져야 할, 존재해서는 안 되는 마물이었다. 이미 적잖은 수의 무고한 사람들이 괴수에게 화를 당하기도 했다.

만일 소문이 사실이라면 그마저도 무림맹의 욕심에서 비롯된 원죄가 되고 치부가 되는 것이다.

그 쉬쉬하던, 애써 묻어 두던 이야기를 심적산이 그렇게 꺼낸 것이다.

어차피 처음이 어려울 뿐이다. 한번 깨져 버린 금기는 더 이상 금기가 아니었다.

"사제의 말은 괴수의 내단이 강시에게서 나왔고, 그래서 강시의 내단에는 수십 갑자의 내공이 담겨 있다? 그리고 삼절표랑이 그것을 취했다 이 말인가?"

"괴수의 내단으로 그만한 내력을 쌓아올렸다는 것보다는 강시의 내단 쪽이 훨씬 가능성이 높지 않겠습니까? 그간 강시 사냥을 독식해 온 만큼 강시의 내단이야 넘쳐날 테니까요. 어쩌면 아까 그가 가져온 괴수의 내단도 괴수를 잡아서 획득한 것이 아닐 수도 있습니다. 아니, 괴수를 잡아 획득한 것일 리가 없습니다. 쟁천표국이 괴수 사냥에 끼어들었다는 소문은 들은 적도 없는데, 고작 수개월 사이에 그렇게나 많은 괴수의 내단을 모으다니…… 이건 아예 말이 안 되지 않습니까? 그게 뭔지는 모르지만 뭔가 강시의 내단을 쪼갤 방법이 있는 것이 틀림없습니다."

"허나, 강시의 내단을 통째로 취했다는 것도 말이 안 되는 건 마찬가지네. 쪼개어서 취했든 통째로 취했든 수십 갑자의 내공을 취한 것은 매한가지가 아닌가? 이러나저러나 사람의 몸으로는 그 많은 내공을 감당할 수가 없네."

"쪼개지지 않은 강시의 내단은 다를지도 모릅니다."

"다르다?"

"실제로 그만한 내공을 담고도 강시들은 말짱하지 않습니까?"

"허나, 그거야 강시니까……."

"물론 강시니까 그럴 수도 있습니다. 하지만 강시의 내단이 가지는 그 본연의 특별함 때문일 수도 있습니다. 삼절표랑의 초월적인 힘을 생각하면 그편이 더 부합되지 않겠습니까?"

심적산의 추론에 모두가 생각이 많아졌다.

설득력 있다. 제법 그럴 듯했다.

"그치만……."

많은 생각들이 흐르는 가운데 슬며시 입을 연 것은 화산의 상관란이었다.

"그치만 어차피 이런 고민 자체가 우리랑은 상관없는 일 아닌가요? 당장 강시의 내단이 우리 수중에 있는 것도 아니고, 강시의 내단을 구할 방도가 있는 것도 아닌데 삼절표랑의 힘이 강시의 내단에서 나온 것이든 아니든, 그가 가져온 괴수의 내단이 강시의 내단을 쪼갠 것이든 아니든 그게

다 무슨 소용이냔 말이에요. 지금 우리가 고민해야 할 건 그게 아니잖아요. 어쩌실 거예요? 삼절표랑의 제안…… 다들 받아들이실 거예요? 아니면 각자 돌아가서 죄를 청하고 처분을 기다리실 건가요?"

상관란의 말대로였다. 지금은 삼절표랑의 힘의 근원을 따질 때가 아니었다. 삼절표랑이 던져 놓고 간 문제에 대한 해답을 내놓아야 할 때였다.

그렇게 상관란의 정곡을 찌르는 말에 모두가 다시 당면한 현실로 돌아왔다. 홀로 고민하기도 하고 서로의 눈치를 살피기도 한다.

누구 하나 쉽게 입을 열지 못했다. 하지만 결국 그것이 그들이 내놓은 해답이자 대답이기도 했다. 선뜻 입을 열지 못한다는 것, 침묵할 수밖에 없다는 것……. 이미 그 마음이 탐욕으로 가득 찼다는 뜻이다.

모르긴 몰라도 그들은 각자의 문파로 돌아가는 즉시 장서각에 들 것이다. 더 좋은 무공을 가져다 바치기 위해. 더 많은 내단 조각을 얻기 위해. 그리해 더 강해지기 위해.

*　　　*　　　*

"어땠어?"

대정회와의 일을 마치고 취선사를 나서는 길이었다. 밖에서 기다리고 있던 설란이 걱정스레 물었다.

"싸우거나 한 건 아니지?"

"당연하지. 내가 그랬잖아? 이걸 보면 그냥 다 눈이 벌게져서 넙죽 엎드릴 거라고."

루하가 품에 든 옥함을 툭 치며 기분 좋게 웃었다.

"그래서 가져다주겠대?"

"가타부타 말은 없었는데 이미 눈들이 다 돌아갔더라고. 하긴, 뒤는 벼랑 끝이고 앞은 꽃밭인데 지들이 달리 무슨 선택을 할 수 있겠어?"

"무당파는? 을지율의 무공을 가져올 것 같아?"

여기까지 오는 동안에도 무당파만큼은 어떻게 나올지 확신하지 못했던 설란이다. 을지율의 무공이 무당파에서도 상당한 보물로 여겨지고 있는 데다, 삼봉오룡 중 인품으로는 단연 으뜸으로 여겨질 만큼 장문제자 청우의 인물됨이 결코 가볍지가 않았기 때문이다. 그래서 흑포단 속에 청우도 포함되어 있다는 걸 알았을 때는 상당히 놀라기도 했다.

"하나당 세 개를 주겠다고 하니까 완전 혹한 눈치던데?"

"그래?"

"일 갑자잖아. 제아무리 대단한 인품이래 봐야 눈 한 번 질끈 감으면 육십 년을 번다는데 제깟 게 별수 있어? 뭐,

그 육십 년도 무사히 자기 것으로 만들었을 때의 일이긴 하지만. 아무튼 무당파고 화산파고 할 것 없이 그냥 다 넘어왔다고 보면 돼. 장담하는데 다음 회합에는 아주 바리바리 보따리째로 싸들고 올걸? 분명 그런 눈빛들이었어. 그런 걸 보면 역시 젊은 게 좋긴 좋아. 지금까지 만난 구대문파의 장문인들이란 건 하나같이 속을 알 수 없고 음흉하기가 능구렁이 같았거든. 그래서 이것들이 정파인지 사파인지 제대로 구별도 못 하겠고 아주 재수들이 없었는데, 저기 모인 인간들은 그래도 음흉하게 자기 욕심을 숨기고 그러지는 못하더라고. 나름대로 솔직해, 아주. 하긴, 그러니까 흑포단 같은 걸 만들었겠지만…… 그냥 이참에 물갈이를 싹 하면 안 되나?"

"물갈이?"

"응. 지금 구대문파의 장문 자리를 꿰차고 있는 인간들, 세상에 하등 도움이 안 되는 인간들이란 말이지. 지금껏 하는 짓거리들마다 어디 제대로 된 게 하나라도 있었어? 욕심만 많아 가지고 온갖 삽질에 민폐에, 그러면서도 아직도 지들이 최고인 줄 착각들이나 하고 있고. 하다하다 나한테 무기까지 빌려 달라질 않나…… 그런 재수 없고 쫌스러운 노인네들보다야 그래도 쟤들이 훨씬 낫지. 날치기를 해도 뭔가 좀 낭만적이잖아."

어디가 낭만적이라는 말인지는 모르겠지만, 흑포단의 정체를 알기 전부터 흑포단에게 묘하게 호감을 드러냈던 루하였다.

"그래서, 구대문파의 장문인이 싹 다 바뀌었으면 좋겠다고?"

"그게 훨씬 더 구대문파다워질 것도 같고 나랑 관계도 한결 좋아질 것 같고. 그 노인네들은 내가 나이 좀 어리다는 이유로 일단 눈부터 깔고 봤잖아. 사람을 아주 물로 보고 지들 마음대로 휘두르려고도 했고. 오죽했으면 내가 다시는 내 눈에 띄지 말라는 막말까지 했겠어? 근데 쟤들은 안 그러더라고. 오히려 존경심을 막 보내는데, 도사들이랑 비구니까지 막 그러니까 마치 내가 원시천존이 된 것 같고 부처님이 된 것 같더라니까?"

"그렇겠지. 그동안 넌 구대문파의 장문제자들조차 경외심을 품을 수밖에 없을 만한 업적들을 세웠으니까. 평생을 구대문파라는 자부심 속에서 살아온 그들이라도 천하제일 그 네 글자 앞에서는, 그 압도적인 강함 앞에서는 순수하게 동경하고 선망할 수밖에 없었을 거야. 하지만 아직 장문인들이 멀쩡한데 벌써 물갈이가 될 리가 없잖아. 물갈이가 될 때쯤이면 그들도 구태에 찌든 노인네가 되어 있을 테고."

"알아. 그냥 해 본 소리야. 어차피 딱히 구대문파와 관계를 개선해야겠다는 생각도 없고."

"그러지 말고 이참에 좀 멀리 보고 대정회와 관계를 잘 맺어 봐. 언제가 되었든 결국엔 구대문파를 이끌 사람들이 잖아. 지금부터 좋은 관계를 만들어 두면 그게 나중에는 다 든든한 인맥이 되는 거지, 뭐."

"그럴까? 그럼 다음 회합 때 비급을 가져오면 인심 좀 팍팍 쓸까? 이번에 쟤들 마음을 꽉 잡아서 아예 구대문파 를 내 수족으로 만들어 버려?"

"꿈도 야무지네. 명색이 구대문파의 차기 주인들인데 그 리 쉽게 마음이 잡히겠니? 환골탈태라도 시켜 주면 모를 까."

말은 이렇게 해도 그건 그녀가 더 싫었다. 그렇잖아도 황 궁으로 가는 길에 잠시 의선가에 들렀다가 다시 시작된 예 천향의 집착에 아주 학을 뗐다. 어릴 때야 귀엽기라도 했 지, 이미 장성할 대로 장성한 녀석이 루하에게 들러붙어 대 니 목숨보다 귀하고 예뻤던 동생이 징그럽기까지 했다.

그건 루하도 마찬가지였다. 아니, 그 징그러운 집착의 직 접적인 피해자다 보니 그때를 생각하면 아예 진절머리가 날 지경이다.

"환골탈태는 무슨. 그딴 거 이제 다시는 안 해. 그런 거 안 해도 충분하고. 말했잖아? 쟤들 나 완전 존경한다고. 내가 조금만 어르고 달래주면 아주 나한테 끔뻑 죽을걸? 두고 봐. 죽으라면 죽는 시늉까지도 하게 만들어 줄 테니. 흐흐흐. 그렇게 되면 차기의 구대문파는 아주 이 손아귀에 꽉 틀어쥐게 되는 거지!"

지난 천 년 동안 누구도 하지 못한 일이다. 그만큼 허무맹랑한 희망이다. 루하도 그냥 웃자고 한 말이었다.

그런데 천 년 동안 누구도 하지 못한 일이, 그 허무맹랑한 꿈이, 그저 웃자고 한 말이 루하는 손 하나 안 댔는데 실로 엉뚱하게, 어느 날 갑자기 이루어졌다.

第四章

각성의 징조

'겨우 이거 하나라고?'

능유는 자신의 손에 들린 작은 옥함 속의 붉은 보석을 내려다보았다.

방금 대정회의 회합을 마치고 돌아오는 길이었다. 그리고 그곳에서 지난번에 약속한 대로 삼절표랑에게 무공 비급을 바쳤다.

무당파의 청우는 결국 무광 을지율의 비급을 필사해 와 괴수의 내단 세 개를 가져갔다. 화산파의 모용승과 상관란도 삼백 년 전 무림오적(武林五敵)으로 불렸던 광무자(狂武子)의 독행신검(獨行神劍)과 혈살마군(血殺魔君)의 진령마장

(秦嶺魔掌)으로 각기 세 개씩을, 곤륜의 육인수도 남해일기(南海一奇)의 남해삼십육검(南海三十六劍)으로 두 개를 챙겼다. 가장 놀랐던 것은 점창의 심적산이다. 권(拳)으로 일세를 풍미했던 개산권신(開山拳神) 언차흠(彦嵯欽)의 파운삼십육권(破雲三十六拳)으로 무려 다섯 개의 내단을 얻었다. 한 수 아래로 생각했던 점창파에 그런 희대의 비급이 숨겨져 있을 줄이야 어찌 알았겠는가? 다들 아주 제대로 목숨 걸고 달려든 것이다.

물론 그 역시 다르지 않았다. 목숨 걸고 장서각을 털었고 거기에 있는 최고의 비급을 가져다 바쳤다. 하지만 지금 그의 손에 들린 내단은 달랑 하나였다.

불공평한 차별이 아니었다. 그가 생각하기에도 다른 이들이 가져온 비급에 비하면 그가 가져온 비급은 한참 모자란 것이었다. 아무리 뒤져 봐도 형산파의 장서각에는 비싼 값을 매길 수 있는 무공 비급이 없었던 것이다.

그래서 더 답답하고 화가 난다.

무당파에는 아직 무광 을지율의 무공이 두 종이나 더 있고, 그 외에도 비싼 값을 받을 수 있는 비급들이 널려 있다. 화산도, 종남도 마찬가지다. 이번에 보니 곤륜이나 점창조차 형산파보다는 사정이 나아 보였다.

'이대로는 안 돼!'

뒤처진다. 이원영의 예로 보아 무한정 내공을 증진시킬 수는 없다 하더라도, 구대문파의 심법 자체가 당장 내공을 늘리는 것보다 먼저 그릇을 키우고 단단히 하는 것에 초점이 맞춰져 있는 만큼 그 한계선이 이원영보다는 클 것이 틀림없다. 그러니 회합이 거듭될수록 다른 문파의 제자들과 그의 격차는 점점 더 벌어질 것이고 그렇게 벌어진 격차는 결국 차기의 구대문파를, 그 서열을 가름하게 될 터였다.

그렇게 되게 해서는 안 된다.

자신은 물론이고 형산파의 미래를 위해서도 그리되게 둘 수는 없다.

하지만 무슨 수로?

고기 한 점이라도 더 얻어먹기 위해서는 기를 쓰고 꼬리를 흔들어야 하는 상황인데 흔들 꼬리도, 그렇다고 달려들어 빼앗을 힘도 없는 처지가 아닌가.

'젠장! 강시의 내단 하나만 있으면 그런 자잘한 거에 목맬 필요도 없을 텐데…….'

심적산의 말대로 괴수의 내단이 강시의 내단에서 나온 것이고 그래서 강시의 내단에 수십 갑자의 내공이 깃들어 있는 것이 사실이라면, 그것 하나만 있으면 선심 쓰듯 던져 주는 고기 몇 점 따위에 꼬리를 흔들 필요가 없는 것이다.

'문제는 강시의 내단을 무슨 수로 구하냐는 거지.'

세상천지에 강시를 잡을 수 있는 것도, 그래서 강시의 내단을 구할 수 있는 것도 삼절표랑뿐이다. 아니, 잡는 거야 무림맹도 가능하긴 했다. 다만 그 자리에서 폭발을 해 버리는 바람에 힘들게 잡아 봐야 소득이 없다는 것뿐.

'분명 시간싸움인데……'

굳이 깊이 생각할 필요도 없다. 쟁천표국과 무림맹 강시 토벌대의 차이는 시간밖에 없었다. 만년한철로 된 항마팔성기로도 반나절 이상 걸리는 강시 사냥을 쟁천표국은 채 한 시진을 넘기지 않았다. 섬서에서 폭주 강시를 잡고 난 후로는 강시 한 마리를 사냥하는 데 채 일각이 걸리지 않는다고 들었다.

무기가 다른 것이다.

만년한철보다도 더 뛰어난 무기가 존재한다는 것이 도대체가 믿을 수 없는 일이지만, 쟁천표국의 표사들이 가진 무기가 만년한철로 만들어진 무림맹의 항마팔성기보다 월등히 뛰어난 것이다.

결국 강시에게서 내단을 얻는 길은 두 가지뿐이다.

쟁천표국이 쓰는 것과 동급의 무기를 구하든가, 아니면 지난 토벌대보다 더 강한 토벌대를 꾸리든가.

'젠장. 어디서 난 건지도 모르는데 그걸 무슨 수로 구하냔 말이지.'

어디서 났는지는커녕 무슨 재질인지조차 모르는 판국이다.

'그렇다고 쟁천표국으로 가서 양상군자 짓을 할 수도 없는 노릇이고.'

구대문파의 제자라는 자존심 때문이 아니다. 삼절표랑이 사는 용담호혈, 그 살벌한 곳의 담을 넘을 용기가 없다.

지난 토벌대보다 더 강한 토벌대를 꾸리는 것도 불가능하긴 마찬가지다.

'지난 토벌대만 해도 구대문파의 장로급 인사들로 꾸려졌는데 그보다 강한 토벌대를 무슨 수로 꾸리냔 말이지. 아예 장문인들이 직접 나서지 않는 다음에야……'

그렇게 체념하듯 중얼거리던 능유의 눈빛이 순간 번뜩였다.

'아니지. 안 될 건 또 뭐 있어?'

그래. 안 될 건 뭔가? 강시 한 마리면 수십 갑자의 내공을 얻을 수 있다. 구대문파 장문인들의 엉덩이가 제아무리 무겁다 한들 그 사실을 알면 절대로 근엄이나 떨고 있지는 못할 것이다.

"그래! 장문인들을 움직이는 수밖에 없다!"

그게 그가 사는 길이고 형산파를 지키는 길이며 또한 구대문파 모두를 위하는 길이다.

그렇게 결심을 세운 능유는 그 길로 형산파로 돌아가 스승 여문기와 마주했다.

　"뭐? 그게 무슨 말이냐? 강시 토벌대를 다시 꾸려야 한다니?"

　능유의 말이 너무 뜬금없었는지 여문기가 어리둥절한 표정을 한다.

　"괴수의 내단이 사실은 강시의 내단에서 나온 것이라는 말을 스승님도 들어 보셨을 것입니다."

　물론 들어보았다.

　"허나 아무것도 증명된 것이 없는 괴소문일 뿐이다."

　자신들의 치부를 들추는 것이나 다름없는 일이기에 여문기는 단호히 부정한다.

　"만일 그것이 사실이라면 어찌하시겠습니까?"

　"……."

　능유를 보는 여문기의 눈에 불쾌감이 어린다. 도대체가 자신의 제자가 왜 결코 유쾌할 수 없는 이야기를 가지고 이렇게 물고 늘어지는지 이해가 되지 않는다.

　"대체 무슨 말이 하고 싶은 것이냐?"

　그렇게 불쾌히 되묻는 여문기의 목소리에선 짜증마저 묻어났지만 능유는 아랑곳하지 않았다.

"괴수의 내단이 강시의 내단에서 나온 것은 분명한 사실입니다. 그것이 무얼 뜻하는 것이겠습니까? 수백수천 조각으로 쪼개진 것들 중의 하나에 오 년, 십 년의 내공이 담겨 있습니다. 허면 강시의 내단에는 어떻겠습니까? 모르긴 몰라도 족히 수십 갑자의 내공은 될 것입니다."

"허면 네 말은 강시의 내공만 취하면 수십 갑자의 내공을 얻을 수 있기라도 하다는 말이냐?"

"예! 얻을 수 있습니다!"

"얼토당토않은 일! 화영검 이원영의 사례만 보아도 그것이 불가능한 일임을 알 수 있지 않느냐?"

"허나 분명한 사실입니다. 삼절표랑이 바로 그 증거입니다."

"삼절표랑이 증거라니? 허면 그자가 강시의 내공을 취하기라도 했다는 말이냐?"

"예! 삼절표랑의 그 초월적인 힘은 강시의 내단에서 비롯된 것이었습니다. 물론 그는 강시가 나타나기 전에도 강했습니다. 하지만 그것이 강시를 단신으로 잡을 만큼은 아니었습니다. 잔혹도마를 상대로도 어려움을 겪었던 그가 어느 날 산을 부수고 홀로 폭주 강시를 상대했습니다. 그사이 내단을 취한 것이 아니고서야 어찌 그런 일이 가능했겠습니까?"

"허나……."

"이건 단지 제 추측으로 드리는 말씀이 아닙니다. 얼마 전 쟁천표국의 표사에게서 직접 들은, 한 치의 틀림도 없는 사실입니다!"

거짓말이다.

거짓말을 해서라도 여문기의 마음을 움직여야 했다. 그래야 무림맹을 움직일 수 있다.

"아무리 그래도 사람의 몸으로 어찌 수십 갑자의 내공을 담을 수 있단 말이냐?"

"허나 그것이 가능하다는 것을 이미 삼절표랑이 증명하고 있지 않습니까? 어쩌면 강시의 내단에는 처음부터 내공의 과부하를 막는 어떤 안전장치가 되어 있는 것일지도 모릅니다. 그러니 서둘러 강시 토벌대를 다시 꾸려야 합니다. 강시 토벌대를 꾸려 지금이라도 최대한 많은 양의 내단을 확보해야 합니다. 그래야 구대문파의 무너진 영광을 다시 되돌릴 수 있고 또한! 스승님께서 지난날 삼절표랑에게 당한 그 씻지 못할 굴욕을 되갚아줄 수 있습니다!"

울분을 토하듯 한 자, 한 자 힘주어 뱉어내는 능유의 말에 여문기의 눈빛이 흔들렸다. 강함을 향한 본능적인 탐욕과 루하에 대한 묵혀 둔 증오가 뒤엉키며 빠드득, 이마저 간다.

"허나…… 간단한 일이 아니다. 지난번 토벌대만 해도 무림맹 최정예로 꾸려졌다. 심지어 항마팔성기는 장로급 인사들이 쥐었지. 그런데도 강시의 내단은 구경도 하지 못했다. 내단은커녕 오히려 폭주만 하게 만들지 않았더냐?"

내단도 내단이지만 다시 폭주 강시를 만들게 되면 그때는 정말이지 회복 불능의 타격을 입게 된다. 무림맹이 강시 토벌을 깨끗하게 접고 쥐죽은 듯 움츠려 있는 것도 도저히 그러한 위험을 감당할 자신이 없어서였다.

"잡을 수 있습니다. 잡을 방도가 있습니다. 지난번보다 더 강한 토벌대를 꾸리면 되는 일입니다."

"그러니까 더 강한 토벌대를 무슨 수로……."

"스승님이 항마팔성기를 잡으시면 됩니다."

"뭐?"

"스승님이, 구대문파의 장문인들이 항마팔성기를 들고 직접 강시를 잡는 것입니다. 그리하면 분명 시간 안에 강시를 잡고 내단을 얻을 수가 있을 것입니다. 시간 안에 잡을 수 있는 만큼 폭주를 걱정할 일도 없어질 테구요. 스승님! 이건 선택의 여지가 있는 일이 아닙니다. 반드시 해야만 하는 일입니다. 만일 이대로 그 엄청난 보물을 계속해서 삼절표랑이 독식하게 된다면 천하의 질서가 무너집니다. 막말로 그가 강시의 내단을 내세워 천하를 조종하려 한다면 어느 누가 있어 그의 말을 거부할 수 있겠습니까? 이대로 안 일하게 방치해 두다가는 그의 말 한마디에 천하가 좌지우지되는 날이 올 수도 있는 것입니다!"

없는 말이 아니다. 차마 스승에게 흑포단의 일을 털어놓을 수는 없지만, 이미 실제로 대정회가 그렇게 되어 가고 있다. 비록 강시의 내단이 아니라 괴수의 내단이지만, 그의 말 한마디에 좌지우지되고 있는 것도 천하가 아니라 구대문파의 후계들이지만. 어쨌든 루하가 마음먹기에 따라서는 그 대상이 언제 천하 무림으로 바뀔지 모르는 것이다.

그렇게 절절하게 토해 내는 능유의 말에 급기야 여문기도 마음을 굳혔다.

"무림맹으로 가야겠다. 무림맹으로 가서 이 일에 대해 맹주와 이야기를 해 봐야겠다!"

여문기는 그길로 곧바로 무림맹으로 갔다. 그리고 얼마 후, 무림맹으로부터 소식이 전해졌다.

그동안 쥐죽은 듯 숨죽이고 있던 무림맹이 제삼 차 강시토벌대를 꾸린다는 것이었다. 놀라운 것은 소림 장문이자 무림맹 맹주인 광현을 제외하고, 무당파를 위시해 여덟 문파의 장문인 모두가 제이 차 강시토벌대의 항마팔신장 자리를 대신한다는 것이었다.'

세상이 떠들썩해진 것은 말할 것도 없다.

하지만 놀람은 잠깐이었다. 이어진 것은 걱정과 불만으로 서릿발처럼 차갑게 변한 따가운 민심이었다.

"그냥 가만히 좀 있을 것이지 또 무슨 사고를 치려고 그러는 거야?"

"한동안 잠잠하다 했더니만 결국 또 이렇게 슬금슬금 기어들 나오시는구만. 그만큼 민폐를 끼쳤으면 됐지, 진짜 무슨 낯짝들이래?"

"캬악! 퉤! 이젠 그 인간들 상판대기는 꼴도 보기 싫어! 이번에 다시 한 번 사고를 치면 구대문파고 자시고, 아주 무림에서 축출을 시켜 버려야 한다니까?"

*   *   *

스르륵 문이 열리고,

"뭐해?"

설란이 빼꼼 문틈으로 고개를 내민다.

침상에 배를 깐 채 월병 하나를 입에 물고 책장을 넘기던 루하가 슬쩍 고개를 돌려 설란을 본다.

"들어가도 돼?"

"뭘 새삼스럽게 내외를 하고 그래? 들어와."

"이상하게 니가 책만 펼치고 있으면 왠지 딴 사람 같고 낯설단 말야."

입술을 삐죽 내밀며 방 안으로 들어온 설란이 슬쩍 루하가 펼쳐 놓은 책을 살핀다. 그러다 흠칫하며 물었다.

"어? 을지율의 무공이 아니네?"

설란의 물음에 루하가 인상을 팍 구겼다.

"그거 완전 사기당한 거 같아."

"사기?"

"얼핏 보기에는 꽤 그럴듯해 보였는데 깊이 파고들려니까 뭔가 조잡해. 흉내만 낸 것 같다고나 할까…… 지난번에 강시한테서 보았던 무극칠절에 비하면 완전 구려."

"그럴 리가……. 무상천검(無想天劍)은 분명 을지율이 말년에 남긴 무광육절(武狂六絕)의 하나가 맞는데……."

"무광육절이든 뭐든, 만들다가 노망이라도 들었는지 아무튼 구려."

"……."

이제 그녀가 보는 세계와 루하가 보는 세계는 완전히 달랐다. 그녀의 견식은 그저 학문으로 쌓아 온 지식에 불과하지만, 루하는 그동안 초월적인 존재들과 싸우며 그들이 만들어 내는 상상할 수도 없을 만큼 크고 넓은 세계를 그 눈에 담아왔다. 루하가 조잡하다고 하면 조잡한 것이고, 구리다고 하면 분명 무상천검에 문제가 있는 것이다.

"그래도 명색이 무당파의 제자라길래 믿고 거래한 건데 말이야, 이게 아주 사람을 개호구로 보고 사기를 쳐?"

"사기를 친 건 아닐 거야. 네 말대로 명색이 무당파의 장문제자씩이나 되는 사람이 삼절표랑을 상대로 그런 어설픈 사기를 칠 만큼 멍청하진 않을 테니까. 아마 그 사람도 무상천검이 구린 건지 아닌지 몰랐을 거야."

"그럴 리가 없잖아. 필사본이었다고. 직접 필사까지 했는데 그걸 어떻게 몰라?"

"모를 수 있어. 넌 그 조잡함을 한눈에 알아봤을지 몰라도, 청우 그 사람은 필사를 하는 동안에도 몰랐을 거야. 육백 년이나 무당파가 보물로 여기고 지켜 왔다는 건 그동안 무당파의 누구도 그 안의 조잡함을 알아채지 못했다는 뜻이니까. 선대의 누구도 알아채지 못한 걸 그 사람이 어찌 알아볼 수 있었겠어?"

루하가 보는 세계를 그녀가 보지 못하듯 청우 역시도 루하가 볼 수 있는 것을 그저 보지 못한 것일 뿐이다. 거기에는 악의도 사기를 칠 의도도 없었을 것이다. 오히려 욕심에 눈이 멀어 무당파의 보물을 외인에게 넘긴 것에 지금도 자책하고 있을지도 모른다.

"음…… 하도 괘씸해서 다음부터는 아예 무당파는 제외시켜 버리려고 했는데, 네가 그렇다면야 뭐 그럴 필요까진

없겠네. 아무튼 다음부터는 내용부터 확인한 다음에 거래를 하든 말든 해야겠어. 아무리 몰랐다고 해도 이거 호구된 것 같아서 기분이 영 뭣 같단 말이지."

"귀찮더라도 그러는 게 확실하긴 하지. 근데, 을지율의 무공이 아니면 지금 뭐 보는 거야?"

"개산권신 언차흠의 파운삼십육권. 이게 제일 좋은 거라며?"

그래서 내단 조각을 무려 다섯 개나 심적산에게 넘겼다.

"응. 그들이 가져온 비급들 중에서 확실히 가장 유명한 무공인 것만은 분명해. 당시 언차흠은 권으로 당세무적이라고까지 불렸을 정도니까. 그래 봤자 소문은 소문일 뿐이긴 하지만…… 무상천검만 봐도 그렇고. 그래서, 네가 보기에는 어떤데?"

설란의 물음에 루하가 비급을 들어 올리며 고개를 끄덕였다.

"좋아. 이거 꽤 재밌어. 보다 보니까 주먹이 근질근질거려."

"그럼 연무장에 나가서 한번 몸 좀 풀어 봐. 여기서 책만 붙들고 있는 건 네 성미에도 안 맞잖아."

"안 돼. 이게 어설프게 힘 조절이 가능한 권법이 아냐. 적어도 삼 할 이상은 담아야 해. 그래야 전체적인 균형이 맞아. 힘을 빼고 권을 쓰면 아예 연환 자체가 안 되게끔 만들어져 있어."

삼 할이라고 해도 쟁천표국은 물론이고 근방 십여 리는 초토화가 될 터였다. 권법 좀 익히자고 집안을 거덜 낼 수는 없는 노릇, 그래서 성미에 안 맞게도 방구석에 처박혀서 책이나 붙들고 있는 것이다.

"아아, 새집은 대체 언제 완공되는 거야? 사람에 자재에, 아끼지 않고 퍼붓는데 뭐가 이렇게 오래 걸려?"

"그 대공사가 고작 몇 달 만에 될 리가 있니? 느긋하게 기다려 봐. 그보다…… 그 소식 들었어?"

"그 소식?"

"무림맹 강시 토벌대 말이야. 출정일이 이틀 후로 잡혔다던데?"

무림맹이란 말에 거의 반사적으로 미간을 찌푸리는 루하다.

"나도 듣긴 했어. 그 인간들 한동안 좀 잠잠히 지내나 했더니 또 발동이 걸린 거지. 아주 이번엔 구대문파 장문인들이 직접 나섰다며?"

"아마도 내단 때문이겠지. 이래저래 유추해 봤을 때 강시의 내단에 엄청난 내공이 깃들어 있다는 건 충분히 짐작할 수 있는 일이니까. 그리고 강시의 내단을 얻으려면 장문인들이 직접 나서는 수밖에 없었을 테고."

"그래 봤자 그 인간들한테는 쓸모도 없는 물건이잖아."

루하야 조화지기 덕에 내단의 힘을 흡수하고 다스릴 수 있었지만 보통의 사람들에겐 그야말로 독약이나 다름없는 물건이었다.

"그 사람들은 그걸 모르니까. 아마 네 힘의 원천이 강시의 내단일 거라 생각했을 테고, 네가 얻을 수 있었던 힘이라면 당연히 자신들도 얻을 수 있을 거라 생각했겠지."

"흥! 지들 목숨 가지고 지들이 막 쓰는 거야 내 알 바 아니지만, 또 무슨 민폐 짓을 할지…… 무림맹이 나섰던 일 중에 어디 제대로 된 일이 하나라도 있었느냐 말이지."

"그래도 좋은 구경거리긴 해. 구대문파 장문인들의 무공을 볼 기회가 흔한 게 아니니까. 더구나 여덟 장문인이 펼치는 합벽진이라니…… 무림사 전체를 통틀어도 유래를 찾아보기 힘든 진귀한 광경일걸?"

"왜? 너도 보고 싶어?"

아닌 게 아니라 가뜩이나 맑고 큰 눈이 여덟 장문인의 합벽진이란 말을 할 때는 유난히 더 반짝거렸다. 하긴, 아무리 구대문파의 명성이 예전 같지 않다고 해도 구대문파 장문인들의 합벽진은 그 자체로 세상 사람들을 설레게 하기에 충분한 힘이 있었다. 모르긴 몰라도 사냥터에는 무림맹을 욕하고 비난하는 것과는 상관없이 그 진귀한 구경거리를 위해 엄청난 인파가 몰릴 터였다. 설란이라고 그 마음이 다르지 않은 것이다.

"그럼 우리도 이참에 한번 구경이나 가 볼까?"

"정말?"

루하가 넌지시 설란의 의사를 묻자 그 즉시 들뜬 목소리로 반응하는 설란이다.

말똥말똥 저 다람쥐 같은 눈을 어찌 외면할까.

"구대문파 장문인들의 합벽진이란 게 얼마나 대단한지 나도 구경 한번 해 보지, 뭐. 그 대단한 사람들이 펼치는 합벽진이라면 보는 것만으로도 뭔가 얻어지는 게 있을 수도 있고. 이틀 후라 했지?"

"응. 삼문협(三門峽)으로 갈 거래."

"음…… 그럼 서두르면 늦지는 않겠네."

그리해 루하와 설란은 이튿날 바로 삼문협으로 향하는 마차에 올랐다. 그런데, 그렇게 삼문협을 향해 남하하여 산서성의 끝단인 운성(運城)에 이르렀을 때였다.

크아아아앙—

그들을 태운 마차가 운성의 관도를 질주하는 그때 돌연 낯익은 포효성이 천지를 쩌렁 울렸다.

루하가 의아해하며 물었다.

"이 근방에도 강시가 있었나?"

"글쎄, 운성에 강시가 있다는 소리는 듣지 못했는데……
뭐, 아직 위치가 파악되지 않은 강시도 많으니까."

그런데,

크아아아아앙—

다시 포효성이 울렸다.

이번 것은 처음의 것보다 더 크고 더 날카롭다. 그리고
그 음색마저 처음의 것과는 미묘하게 달랐다.

"뭐야? 두 마리야?"

이 작은 마을에 강시가 두 마리나 있다니?

그렇게 의아해서 서로를 보는데,

콰콰콰콰쾅!

이번엔 엄청난 폭발음이 일어 아예 마차가 뒤흔들렸다.

한 번이 아니었다.

콰콰콰콰콰콰—

연이어서 폭발음이 터졌다.

어찌나 그 여파가 사나운지 마부가 놀란 말들을 진정시
키느라 무진 애를 먹고 있었다. 도저히 가만히 앉아 있을
수가 없어 마차에서 내렸다. 그런 루하의 시선이 향하는 곳
은 언덕이라 하기에는 높고 산이라고 하기에는 낮은 인근
의 야산이었다. 그곳에선 그 순간까지도 계속해서 폭발음

이 터지고 있었다. 흙먼지도 날리고 산새들도 소란스럽게 날아오른다.

"어쩌게?"

"무슨 일인지는 확인해 봐야지. 혹시 모르니까 넌 여기서 기다려."

"아냐. 나도 갈게."

설란의 눈빛이 단호했다.

잠시 설란을 보던 루하가 이내 고개를 끄덕였다.

"알았어. 같이 가."

지금이라면 강시가 두 마리든 세 마리든, 어떠한 상황에서도 설란 하나 지킬 자신은 있다. 그리해 설란을 안아 들고는 폭발음이 이어지는 곳을 향해 신형을 날렸다.

"이게……."

루하와 설란은 눈앞에서 펼쳐지는 광경에 놀란 눈을 동그랗게 떴다.

포격이라도 당한 듯이 땅은 곳곳이 움푹 파였고 바위들은 온전히 형태를 유지하는 것이 없다. 산이었는지 들이었는지 그마저 헷갈릴 정도로 폐허가 된 그곳에서 두 구의 강시가 싸움을 벌이고 있었다.

강시끼리 싸우는 것도 처음 보는 것일뿐더러, 강했다.

두 구의 강시가 충돌하며 터져 나오는 충격파에 루하조차 섣불리 다가서지 못하고 주춤 물러서야 했을 만큼 그 싸움은 치열했고 가공스러웠다. 만일 강기로 설란을 보호하지 않았더라면 설란의 몸은 이미 산산이 부서져 가루가 되었을 것이다.

"저것들…… 진화한 거 맞지?"

루하의 물음에 설란이 고개를 끄덕였다.

"응. 그런 것 같아."

지금까지 상대했던 강시들과는 비교도 안 될 만큼 강하다. 뿜어내는 기운들은 제각각이지만 지금 본능적으로 일어나는 경계와 긴장은 황궁에서 강시를 만났을 때의 감각과 똑같은 것이었다.

"근데 왜 싸우는 거야?"

"결국 좀 더 완전해지기 위해서겠지. 그것이 진화든, 새로운 생명이든, 불로불사든……."

지난번에도 설란은 그렇게 말했다.

완전해지기 위해서라고. 완전해지기 위해서 그의 조화지기와 내단을 노린 것이라고.

그렇다면, 지금 저 두 구의 강시가 저토록 치열한 사투를 벌이는 것도 결국 완전해지기 위함이라면, 강시가 진화하면 죄다 저렇게 동족상잔을 벌이게 되는 것일까?

'젠장! 혈교는 대체 무슨 생각으로 저딴 걸 만든 거야?'

죽어서도 편히 안식하지 못하게 해 놓은 걸로도 모자라서 이젠 서로가 서로를 죽고 죽이게 만들어 놓았다.

계산된 것인지 돌발적인 변수인지는 모르지만 참으로 잔혹하고 악독하지 않은가.

그렇게 생각하니 저들 강시에게 연민마저 생길 지경이다.

그런 루하의 안타까움과는 상관없이 두 강시의 싸움은 그 사이 절정에 달했다. 그리고,

푸욱—

한 강시의 손이 다른 강시의 심장을 꿰뚫었다.

"끄르르르……."

회색 동공에 들어차는 공포, 어떤 절박한 미련, 아쉬움, 그리고 어찌할 수 없는 현실 속에서 새어 나오는 절규와도 같은 신음…….

이윽고 심장을 꿰뚫은 손이 스윽 빠져나오고 털썩 주저앉은 강시의 몸이 연기로 변한다.

루하와 설란은 죽은 강시를 보고 있지 않았다. 그들의 시선은 온통 심장에서 빠져나온 강시의 손에 머물러 있었다. 아니, 정확히는 강시의 손에 들린 푸른빛의 내단이었다.

'저걸 어쩌려고……?'

의문이 채 다 떠오르기도 전이었다.

강시가 손에 들린 내단을 주저 없이 입으로 가져가더니,

꿀꺽—

삼켜 버린다.

……

잠깐의 정적이 흐르고 강시의 몸이 부르르 떨린다 싶은 순간,

"크아아아아아!"

갑자기 괴성을 지르며 날뛰기 시작했다.

강기의 폭풍이 사방팔방 흩날리고, 나무며 바위며 저 멀리 인가까지, 거기에 닿는 모든 것들이 소멸했다.

실로 무시무시한 힘이었다. 설란을 보호하며 강기의 막을 단단히 쳤는데도 와서 거칠게 부딪쳐 대는 기의 폭풍우에 진기가 흔들렸다. 심지어 입에서는 '큭!' 짧은 신음과 함께 한 줄기 가는 핏물마저 흘러나왔다. 그대로 일각만 더 있었더라면 루하는 물론이고 설란마저도 내상을 입었을지 몰랐다.

그러나 다행히 강시의 발광은 계속되지 않았다.

얼마나 지났을까?

한참 난리를 쳐 대던 강시가 돌연 그 자리에 얼음이라도 된 듯이 딱 멈춘 것이다.

동시에 거세게 몰아치던 강기의 폭풍이 거짓말처럼 사라졌다. 그 순간, 루하는 보았다. 강시의 회색 동공에 채워지고 있는 검고 선명한 눈동자를. 그리고 입가에 떠오른 처연한 미소 한 자락을.

하지만 그것은 찰나였다. 그 찰나의 끝은,

펑—!

검고 선명한 눈동자도, 처연한 미소 한 자락도, 그 존재마저도 지워 버리는 폭발이었다. 그리고 시야를 가득 채우는 수백수천 개의 푸른 빛줄기가 창공을 수놓으며 사방으로 퍼져 나갔다.

"이게 대체……."

폐허 속에서 하늘을 수놓는 푸른 빛줄기를 멍하니 보고 있던 루하가 설란을 본다.

"뭐가 어떻게 된 거야? 왜 폭발한 거야?"

"아마도…… 내단의 기운을 감당 못 해서였겠지."

"내단의 기운을 감당 못 하다니? 저걸 먹으면 진화든 불로불사든 다 완전해지는 거 아니었어? 그런 것도 아닌데 지들끼리 왜 싸워? 감당도 못 할 거면서 그건 또 왜 먹고?"

물어 봤자 영문을 몰라 답답한 건 설란 역시 마찬가지였다. 그녀에게도 지금 이곳에서 벌어진 광경들은 기괴하기만 했다.

그래도 몇 가지 확실해진 점은 있다.

뭔가 강시에게 변화가 생기고 있다는 것.

황궁에서 만났던 강시가 단순한 변종이 아니라 어떤 변화의 시작이라는 것. 그리고 그 강시가 노렸던 것은 조화지기가 아니라 내단이었다는 것.

"아마 이게 끝이 아닐 거야. 시간의 차이는 있겠지만 진화한 강시는 계속해서 나타날 것 같아. 그리고 이번처럼 다른 개체가 가진 내단을 노리겠지."

"그럼 강시의 개체 수가 확 줄어들 수도 있겠는데? 이거 아예 지들끼리 싸우다 싸그리 다 없어져 버리는 거 아냐?"

"차라리 그러면 다행이겠지만…… 모두가 이번 같을지는 알 수 없는 일이니까."

"이번 같지 않으면?"

"이번 강시는 다른 개체의 내단을 감당하지 못했지만 전부 다 그럴지는 장담할 수 없는 일이잖아. 일차 진화를 한 것만으로도 그만큼이나 강해졌는데, 다른 개체의 내단마저 온전히 흡수해 버리는 강시가 나타난다면 얼마나 강할지 상상이 안 돼. 더 최악의 경우는 하나로 끝나지 않을 수도 있다는 거지."

"그럼 강시 하나가 여러 개의 내단을 취할 수도 있다는 거야?"

"어디까지나 최악의 경우를 상정하자면 그럴 수도 있다는 거지만, 만일 그런 일이 정말로 일어난다면……."

"일어난다면?"

"그땐 다 죽겠지. 그 괴물을 아무도 막지 못할 테니까. 루하, 너라도 말이야."

생각만으로도 머리털이 곤두서고 등허리가 서늘해 온다.

그런 루하를 보며 설란이 피식 웃었다.

"뭘 그렇게 긴장해? 어디까지나 최악의 경우일 뿐이야. 현실적으로 한 개체가 여러 개의 내단을 감당할 수 있을 리가 없잖아? 설혹 그런 일이 발생한다고 해도 미리부터 걱정할 필요는 없는 일이고. 그보다 당장 걱정되는 건 아까 그거지."

"아까 그거?"

"진화한 강시의 내단."

그들의 눈앞에서 폭발해서 천지사방으로 흩뿌려졌다.

"아마 그것도 짐승들의 먹이가 될 거야."

"그래도 사기는 지워졌다며?"

"응. 그래서 그것을 먹는 짐승들이 어떻게 변할지는 나도 모르겠어. 하지만 한 가지 분명한 건, 어떤 형태를 하든 지금까지의 괴수보다는 훨씬 더 강할 거라는 거야. 그것만으로도 세상은 더 흉흉해질 거고. 진화하는 강시의 수가 늘어나면 늘어날수록 그만큼 괴수의 수도 기하급수적으로 늘어날 테니까."

"그거야말로 우리가 걱정할 일은 아니지. 지금까지의 괴수보다 훨씬 더 강하다는 건 괴수를 잡았을 때 얻어지는 내공도 그만큼 더 클 거라는 뜻이고, 그럼 우리가 신경 쓰지 않아도 무림인들이 어련히 알아서 할 테니까. 모르긴 몰라도 지금보다 몇 배는 더 괴수 사냥에 열을 올릴걸?"

그러고 보면 예기치 못한 광경에 놀라고 당황하긴 했지만 어차피 당장 그들이 할 수 있는 일은 아무것도 없었다. 대책을 세우더라도 좀 더 구체적으로 상황이 벌어진 다음의 일이었다.

"그러니까 지금은 당장 우리 할 일만 생각하자고. 이제 곧 물길을 타야 하는데 더 지체했다가는 제때 삼문협에 도착 못 해."

그렇잖아도 빠듯한 일정이었다. 여기서 더 지체했다가는 정작 봐야 할 구경거리를 놓치게 될 수도 있었다.

그리해 그들은 곧장 다시 마차에 올랐다.

그런데, 뜻밖의 장애를 만났다. 전날 갑자기 불어닥친 한파에 물길이 다 얼어 버린 것이다. 전혀 생각지 못한 변수였다. 춘삼월을 사흘 앞에 두고 물길이 얼다니? 하지만 살얼음 낀 물길이 눈앞에 떡하니 펼쳐져 있는 것을 어찌하랴.

그 바람에 꼬박 이틀을 더 지체했다.

그리해 부랴부랴 달려온 삼문협은 한산했다.

거의 도시 전체가 텅텅 비다시피 했다. 무림맹 강시 토벌대가 이미 반나절 전에 삼문협에 도착해 강시가 있는 곤명산(昆明山)으로 향했고, 다들 그 구경을 갔다는 것이었다.

"반나절이면 이미 끝났을 수도 있겠는데?"

설란의 말에 루하가 미간을 구겼다.

구대문파의 장문인들이 나선 마당이니 아마 틀림없을 것이다.

"망할! 일이 꼬이려니까 날씨까지 안 도와주고, 괜히 먼 길 개고생만 했잖아."

"그래도 일단 곤명산까지는 가 보자. 거길 가 보면 내단을 얻었는지 어쨌는지, 결과 정도는 확인할 수 있겠지."

루하야 이미 맥이 빠질 대로 빠져 의욕 상실이지만, 설란의 말대로 결과라도 알아야겠다는 생각에 곤명산으로 향했다. 그런데, 그들이 막 곤명산의 초입에 들었을 때였다.

"으아아아아!"

한 떼의 사람들이 파랗게 질린 얼굴로 비명을 지르며 허둥지둥 뛰어내려오고 있었다. 무슨 일인가 싶어 그중 한 명을 붙들고 물었다.

"무슨 일입니까?"

"도, 도망쳐요! 다 죽었어요! 다 죽었다고요! 강시가……
다 잡은 줄 알았는데 갑자기 강시가…… 다 죽였어요!"

거의 얼이 빠진 사람처럼 그렇게 두서없이 외쳐 대고는
아등바등 루하의 손을 뿌리친다. 그러고는 귀신에 쫓기기
라도 하는 것처럼 허겁지겁 뒤도 돌아보지 않고 산을 달려
내려갔다.

뭔가 잘못되었다.

루하는 그 즉시 지체하지 않고 곤명산 하현봉(下弦峰)을
향해 신형을 날렸다.

그리해 도착한 강시 사냥터는 그야말로 아수라장이었다.

무림맹 무사들이고 구경꾼들이고 할 것 없다. 죽은 자들
은 시체조차 온전하지 못한 채로 아무렇게나 널브러져 있
고, 산 자들은 더러는 공포에 질려 절규하고 더러는 비할
수 없는 고통에 일그러진 비명을 토해 댄다.

구대문파 장문인들이라고 사정이 크게 다르지 않았다.

행색은 제각각이지만 그 손에 묵빛의 무기를 든 노인
들……. 형체를 알아볼 수 없을 만큼 짓이겨진 자들도 있고
팔다리 하나씩은 잘린 채로 숨만 간신히 붙어 가쁜 호흡을
토해 내는 자들도 있다. 단 한 명, 무당파의 복색을 한 노도
사만이 한 자루 검에 의지해 간신히 두 발을 딛고 서 있었

지만 그것도 잠깐, 이내 '쿨럭!' 피를 토하더니 힘없이 한쪽 무릎을 꿇으며 주저앉는다.

그 순간이었다.

파파파팟—

거칠고 섬뜩한 파공성이 들린다 싶은 순간, 희끗한 무언가가 그대로 노도사의 목을 갈랐다.

"컥!"

짧은 단말마. 잠깐의 공백을 두고 노도사의 목이 툭 떨어져 데구루루 구른다.

정도십이천의 일인이자 대무당파 장문인 무당검선(武當劍仙) 무현(武玄)은 그렇게 죽었다.

그 주검 앞에 강시가 우두커니 서 있다.

적대하는 모든 것들을 쓰러뜨렸는데도, 이제 그곳엔 서 있는 자가 아무도 없는데도 강시에게서 뿜어져 나오는 살기는 전혀 사그라들지 않았다. 오히려 차갑게 뻗어 나가는 살기가 온 산을 다 엘 것처럼 더욱더 강렬해지고 있었다.

그 강렬한 살기가 살아 있는 모든 생명체에겐 공포였고 절망이었다.

이미 한차례의 아수라장이 있었다.

그 속에서 겨우 목숨을 부지했던 사람들에겐 다음에 일어날 일이 훤히 보였다.

죽는다.

강시는 단 한 명도 살려 두지 않을 것이다.

하늘이 내려앉고 땅이 꺼지는 것만큼이나 그들에게 남은 길은 너무도 명명백백했다.

그런데, 그 아득한 절망 속에서 터벅터벅 강시에게로 걸어가는 자가 있었다.

"이거 참, 이번엔 그냥 구경만 하려고 했더니…… 이건 뭐 팔자네, 팔자야."

그렇게 투덜거리며 강시의 앞에 선 것은 당연히 루하였다.

누군가 루하를 알아보고 외친다.

"삼절표랑이다! 삼절표랑이 우리를 구하러 왔어!"

한 사람이 그렇게 외치자 여기저기서 한줄기 구원을 부둥켜안고 환호하며 안도한다. 심지어 무림맹 무사들조차 북받치는 감격에 목매어 루하의 이름을 불러 댄다.

하지만 루하는 그런 것에는 눈길조차 주지 않았다.

지금 이 순간 그의 관심사는 오직 강시뿐이었다.

먼저 확인해야 할 것이 있었다. 이윽고 강시의 살기 가득한 시선이 루하에게 이르고, 루하는 확신했다.

'역시 이놈도…….'

진화를 한 놈이다.

'하필이면 골라도 이런 놈을 골라서는……'

아무리 가는 날이 장날이라지만, 운 한번 참 지지리도 없다. 그러니 구대문파 장문인들이 직접 나서고도 이런 아수라장이 될 수밖에.

'아주 제대로 똥을 밟은 거로구만.'

물론 그 똥을 치우는 건 이번에도 자신의 몫이라는 게 그저 뒷맛이 씁쓸할 뿐이다.

"팔자지, 팔자야."

재차 그렇게 투덜거려 보지만, 이젠 뭐 새삼스럽지도 않다.

"크르르르……"

루하를 향해 드러내는 저 탐욕도 익숙하다.

이유도 안다.

"흥! 이게 웬 떡이냐 싶냐? 넝쿨째 호박이라도 굴러온 듯싶어? 이게 사람을 개 밥그릇 속의 개밥으로 봐도 유분수지, 아주 침까지 질질 흘려 대는구만."

물론 저 강시의 든든한 한 끼 식사가 되어 줄 생각은 추호도 없다.

황궁에서처럼 길게 놀아 줄 생각도 없다.

저 뒤에 설란이 있다. 괜히 질질 끌다가 황궁에서처럼 날뛰어 대면 자칫 설란이 위험해질 수도 있었다.

그러니,

'단번에 끝낸다!'

검을 뽑았다.

"크르르."

강시도 검을 들어 올리며 경계하는 자세를 취한다.

그 순간, 루하가 신형을 날리며 강시를 향해 맹렬하게 검을 뿌렸다.

단순한 일검이 아니었다.

황궁에서 진화 강시와 직접 검을 나눴다. 운성에서는 두 진화 강시의 싸움을 두 눈에 담았다.

진화 강시의 강함을 철저히 계산했다. 그리해 어떠한 변수도 들어갈 수 없도록 혼신을 다해 뿌리는 압도적인 일검이었다.

일격에 이런 힘을 담아 보는 것은 루하로서도 처음이었다.

뻗어 나가는 힘에 스스로도 움찔 놀랄 정도였다.

그만큼 강했다.

콰콰콰콰콰콰콰콰—

강기가 만들어 내는 풍압만으로도 하늘이 울고 땅이 진동한다.

자신을 향해 성난 군대처럼 덮쳐드는 그 무시무시한 기

세에 강시가 다급히 검을 들어 앞을 막아 보지만 소용없었
다.

루하의 검은, 그의 모든 힘이 담긴 그 일격은 앞을 막는
모든 것을 갈라 버렸다.

콰콰콰콰콰콰콰콰콰콰—!

공기도, 바람도, 강시의 검도, 강시의 몸도…… 그것으
로도 그치지 않고 그 여력은 산을 부수고 하늘을 갈랐다.
그렇게 짧지만 강렬한 한바탕의 폭풍이 지나갔을 때, 그 앞
에는 아무것도 없었다.

강시도 없었고 산도 없었다. 검이 지나고 벼락이라도 훑
고 간 듯 움푹 파인 길을 따라 시야에 닿는 모든 것들이 사
라졌다.

환호도 없고 함성도 없다. 그 경악스러운 광경에 모두들
그저 입을 떡하니 벌린 채 루하와 루하가 만들어 놓은 실로
믿기지 않는 기적을 멍하니 넋을 잃고 바라볼 뿐이다.

심지어 루하 스스로도 환하게 열린 시야를 보며 황당해
하고 있을 지경이었다.

산 하나가 아니었다.

분명히 산이었을 것 같은 것들이, 지금은 형체조차 남지
않았지만 분명 산이었던 것들이 대체 몇 개가 날아갔는지
모르겠다.

'이거…… 힘을 너무 썼나?'

세 번째 환골탈태 이후 처음으로 온 힘을 다했다.

그래서 지금 자신의 힘이 이 정도일 줄은 미처 몰랐다.

진화 강시의 힘은 철저히 계산했지만 정작 자신의 힘을 제대로 계산하지 못한 결과물이 지금 그의 눈앞에 펼쳐진 이 과도하게 탁 트인 풍경인 것이다.

第五章

무림 재편

삼문협 곤명산에서부터 실로 믿기지 않는 소식이 전해졌다.

구대문파 장문인들을 위시로 한 무림맹의 강시 토벌대가 도리어 강시에게 거의 전멸을 당하다시피 했다는 소식이었다.

더욱 경악할 만한 일은 구대문파 장문인들 중 무려 여섯이 죽고 두 명은 재기 불능의 심각한 부상을 입었다는 것이다.

무림 천 년사에 사마(邪魔)가 득세하고 무림이 혼란에 빠졌던 적이 없는 것이 아니다. 그럴 때마다 선봉에 선 구대문파는 항상 많은 인명 피해를 입었다. 그러한 희생 속에서 구대문파의 이름은 더 굳건해진 것이었다.

하지만 구대문파 장문인이 목숨을 잃은 적은 딱 두 번뿐이었다. 그것도 기껏해야 한두 명이었지, 이번처럼 여덟 명이 일시에 몰살을 당한 경우는 무림사에 그 유례를 찾아볼 수 없는 희대의 참극이었다.

더욱 개탄할 노릇은 세상의 시선이었다.

구대문파가 당한 그 형언할 수조차 없는 비극에도 사람들의 시선은 차갑기 이를 데 없었다. 각 문파에서 이어진 장례식조차 조문객 하나 찾아보기 힘들 만큼 한산하고 적막할 지경이었다. 오히려 무림맹을 비난하고 죽은 장문인들을 지탄하는 목소리만 높았다.

그날 죽은 목숨은 무림맹만의 것이 아닌 때문이다.

구대문파 장문인들의 합벽진을 구경한답시고 위험한 곳임을 알면서도 굳이 찾아간 것은 어디까지나 그 사람들의 책임이고 잘못이지만, 그래서 무림맹 입장에서는 억울한 측면이 없잖아 있었지만, 그간의 전적들로 인해 유족들의 갈 곳 잃은 분노와 원망은 고스란히 무림맹을 향할 수밖에 없었던 것이다.

세상의 비난은 점점 더 거세지고 날이 섰다.

그간의 민폐들로 쌓이고 쌓였던 분노가 한꺼번에 터져 나오며 무림맹을 휘몰아쳤다. 그리해 결국 소림장문 광현이 무림맹 맹주의 이름으로 천하에 공표했다.

무림맹 해체

세워진 지 고작 삼 년 만에 무림맹이 해체된 것이다.

그러나 그것은 시작에 불과했다. 무림맹을 제대로 이끌지 못해 구대문파 장문인들을 죽음으로 내몬 책임을 통감하며 소림이 삼십 년 봉문을 선언했다.

거기다 다른 구대문파마저 곧 봉문을 선언할 것이라는 소문이 공공연히 나돌았다. 무림맹을 해체하고도 세상의 거센 비난은 여전히 구대문파를 질타하고 있을뿐더러 문파의 수장까지 잃었고, 거기다 소림마저 봉문을 선언한 마당이니 어쩌면 당연한 수순일 수도 있었다.

그렇게 세상이 온통 시끌벅적했지만 루하의 일상에는 큰 변화가 없었다. 쟁천표국의 일상 또한 마찬가지다.

꼬리 표행단의 의뢰는 꾸준히 들어왔고 부지런히 표행단을 돌렸다.

요즘은 강시에 대한 엄청난 액수의 위험수당에도 불구하고 가끔 단독 의뢰가 들어올 때도 있어, 그럴 때면 루하가 직접 표행단을 꾸려 표행에 나서기도 했다.

그러는 중에도 강시의 동태를 살피는 것은 잊지 않았다. 하지만 그 후로 진화 강시는 단 한 구도 나타나지 않았다. 그가 모르는 곳에서 진화 강시가 나타났을 리도 없다.

강시가 진화를 하고 나서 가장 먼저 다른 개체를 사냥하는 것이 확실하다면 운성에서 봤던 것처럼 큰 싸움이 벌어졌을 것이고, 그랬다면 세상 모든 강시의 정보를 가장 먼저 취득하게 되는 루하가 모를 리 없는 것이다.

그렇게 아무 일도 없이 평범한 날들이 지났다.

오히려 그 사이 쟁천표국에는 뜻밖의 경사까지 있었다.

"뭐? 닭수리가 알을 낳아?"

설란이 들뜬 걸음으로 그를 찾아와서는 닭수리가 알을 낳았다고 알린 것이었다.

태생이 닭이건만 그동안 그 본분을 망각하고 삼 년이 되도록 단 하나의 알도 낳지 않았던 닭수리였다. 그런데 설란의 말을 듣고 닭장으로 달려가 보니 그 안에는 무려 알이 다섯 개나 있었다.

"전부 다 유정란이래."

"유정란? 그럼 저것들이 결국 눈이 맞았다는 거야?"

루하가 두 암수 닭수리들을 보며 어이없어했다.

처음에는 루하를 사이에 두고 서로 원수 보듯 하던 것들이다. 둘이서 같이 괴수 사냥을 하게 되면서부터 그 전보다 사이가 많이 좋아지긴 했지만, 대체 언제 저렇게 남몰래 눈까지 맞았단 말인가?

"뭐, 그건 그렇다 치고…… 저거 부화되는 거야?"

"응. 별다른 문제만 안 생기면 부화된대."

문득 궁금해진다.

"부화하면…… 어떤 게 나오지? 닭? 아니면 닭수리?"

당장 눈에 보이는 알은 일반적인 계란이랑 똑같았다. 크기도 색도, 어떻게 봐도 그냥 평범한 계란이었다.

"이왕이면 새끼 닭수리였으면 좋겠는데 말이야. 하긴, 별상관없나? 그냥 병아리면 환골탈태를 시켜 버리면 되니까. 좀 귀찮기야 하겠지만."

다행히 귀찮을 일은 없었다.

그로부터 정확히 서른 날이 지나고, 무사히 부화를 마친다섯 마리는 병아리가 아니라 제 부모를 쏙 빼닮은, 형형색색 화려하고 올망졸망한 새끼 닭수리였던 것이다.

닮은 것은 단지 외모만이 아니었다.

루하를 보자마자,

삐약삐약! 삐약삐약!

애절한 울음소리를 내며 루하를 쫓는다.

그 모습은 졸졸 어미 닭을 쫓아다니는 병아리나 다름없었다.

정작 제 부모는 옆에 버젓이 있는데도 말이다. 제 부모에게는 아예 눈길조차 주지 않은 채 거의 맹목적이다 싶을 만큼 필사적으로 루하를 쫓아온다.

그 광경을 지켜보던 설란이 신기해하며 말했다.

"아무래도 귀소본능…… 대물림도 되는 모양인데?"

"그런 것 같지?"

나쁘지 않다. 닭수리들이 들러붙는 거야 징그럽고 시끄럽고 지긋지긋하지만, 이 앙증맞은 것들이 자신을 졸래졸래 따르니 마냥 귀여워서 어쩔 줄을 모르겠다.

그날부터 루하는 그의 일상에서 가장 많은 시간을 새끼 닭수리들과 보냈다. 거의 눈만 뜨면 닭장을 찾아 새끼 닭수리들과 놀았다.

그 무렵이었다.

생각지 않게도 대정회로부터 세 번째 회합을 가지자는 연락이 왔다.

"이거…… 이번이 마지막 회합이 될 수도 있겠는데?"

대정회로부터 온 서찰을 읽어 내려가던 루하가 그렇게 중얼거렸다.

"왜?"

"그들의 스승이 죽은 지 아직 일 년도 채 안 됐어. 무림맹이 해체된 건 이제 겨우 반년이고. 내부적으로나 외부적으로나 아직 어수선할 때인데 그들이 먼저 회합을 가지자고 하는 건 그만큼 상황이 급박하게 되었다는 뜻일 거 아냐?

지금 상황에서 급하게 회합을 가져야 할 이유라면 봉문밖에 없지 않겠어?"

봉문을 하게 되면 봉문이 풀릴 때까지는 아예 외부 출입이 불가능해진다.

"그 전에 마지막으로 한탕 크게 땡기자는 거겠지. 하긴, 흑포단까지 만들어서 내단을 날치기하던 인간들인데 일 년이나 참았으면 많이 참았지. 스승의 죽음이 비통하긴 비통했나 봐."

"그래서 어쩔 건데? 갈 거야?"

"당연히 가야지! 걔네들한테도 이게 마지막으로 한탕 크게 땡길 수 있는 기회지만, 나한테도 이건 무공 비급을 얻을 수 있는 마지막 기회라고."

소림을 보면 최소 삼십 년이다. 삼십 년 동안 산 구석에 틀어박혀서 지내야 할지도 모르는 판국이다. 그 마음들이 오죽 암담하고 답답할까?

"아마 마지막인 만큼 아주 제대로 된 것들만 가져올 거야. 아예 물불 안 가릴걸? 그들에게 있어 내단 조각은 이제 그 암울한 삼십 년을 달래 줄 유일한 위안거리일 테니까. 그러니 이번 회합만큼은 무슨 일이 있더라도 꼭 참석을 해야 해."

그리해 루하는 회합 날에 맞춰 내단 조각이 든 옥함을 들고 다시 백운산을 올랐다.

*　　　*　　　*

그렇게 루하가 백운산 취선사 대웅전에 들었을 때, 대정회의 스물두 명은 한 명도 빠짐없이 그곳에 모여 있었다.

루하는 일 년 만에 보는 그들의 면면을 천천히 훑었다.

'그 사이 아주 얼굴들이 말이 아니로군.'

비록 날치기단이나 꾸리다 자신에게 덜미를 잡힌 작자들이지만, 예전에는 그래도 구대문파의 차기들답게 그들의 눈에는 정기가 있었고 또한 당당함이 있었다. 그런데 지금은 정기도 당당함도 찾아보기 힘들었다.

그늘지고 음습하다.

도무지 명문정파의 제자들 같지 않다.

왜 아니 그렇겠는가?

그들에겐 스승이자 아비였던 장문인들이 죽었고 자부심이던 무림맹은 해체되었으며 한창 혈기방장한 나이에 세상과 단절하게 되었다. 겹겹이 들이닥친 불행과 절망 속에서 아무렇지 않게 온전한 모습이었다면 오히려 그게 더 이상했을 것이다.

루하가 그런 그들을 보며 문득 궁금해져서 물었다.

"거래를 하기 전에 하나만 묻지. 언제야?"

"언제라니…… 뭘 말씀입니까?"

"구대문파가 봉문을 선언하는 것 말이야."

순간 모두가 흠칫한다.

"그걸 어찌 아셨습니까?"

"당신들이 날 보자 한 이유가 그것 말고는 없을 테니까."

잠시 서로의 얼굴을 본다. 그러다 점창의 심적산이 먼저 입을 떼었다.

"석 달 후입니다."

"석 달 후라면 딱 내년 시작과 동시겠군. 몇 년이지?"

"삼십 년입니다."

루하가 고개를 끄덕였다.

역시 짐작했던 대로다.

"근데…… 꼭 그럴 필요가 있나?"

"무슨 말씀입니까?"

"수장을 잃은 것도 알고 세상이 구대문파를 어떻게 보고 있는지도 알지만, 그래도 봉문까지 할 필요가 있냐 이 말이야."

갑자기 이런 말을 꺼내는 루하의 저의를 모르겠는지 누구 하나 선뜻 그 말을 받지 못한 채 경계하며 루하를 살핀다. 그렇게 얼마간의 침묵 끝에 청우가 물었다.

"어찌하여 그런 말씀을 하시는 것이오?"

"그냥. 그간 그래도 몇 번 얼굴을 보면서 정이라도 들어

버렸는지, 내가 다 안타까워서 말이야. 당신들 한창때잖아. 삼십 년이면 청춘을 싸그리 다 날려 버리는 건데, 그래도 정말 괜찮겠어들?"

·"괜찮으나 마나, 우리가 어찌할 수 있는 일이 아니오. 사문에서 결정한 일, 그저 우리는 따를 수밖에 없소."

"어째서?"

"어째서라니……? 그야 제자 된 자가 사문의 뜻을 따르는 거야 당연한……."

"그냥 제자가 아니잖아? 여기 모인 사람들 중 여덟은 장문제자잖아? 장문제자면 다음 대 장문인이라는 뜻이고. 장문직이 공석이 되었으니까 이제 당신들이 장문인이 되는 게 당연한 수순일 거고. 뭐가 문제야? 장문인이 돼서 봉문 안 하겠다고 하면 그만 아냐?"

루하의 말에 심적산이 답답하다는 목소리로 대꾸했다.

"장문직은 그리 단순하게 결정되는 것이 아닙니다."

"단순하지 않으면?"

"정상적인 경우라면 당연히 우리가 장문직을 물려받는 것이 맞습니다. 하지만 선대께서 예기치 못한 변을 당하셨고 구대문파의 명성은 땅에 떨어졌습니다. 그리고 우리는 아직 구대문파의 이름을 짊어지기에는 나이도 경륜도 명성도 무공도 턱없이 부족한 것이 사실입니다. 그러한 우리가 이 시기에 구대문파의 장문직에 오른다면 구대문파를 향한 세상의 시선은 더욱 차가워질 것입니다."

어디 차갑다 뿐이겠는가. 얕잡아보고 비웃어댈 게 뻔했다.

일 년이 지나도록 장문직을 공석으로 둔 채 봉문을 결정한 것에는 그러한 이유도 꽤 큰 비중을 차지하고 있었다.

그 비어진 공석은 아마도 봉문이 끝나기 전에는 채워지지 않을 것이다. 어차피 봉문을 하고 세상과의 단절을 선언하는 마당에 굳이 서둘러 수장을 정할 필요는 없으니까. 즉, 그들이 장문직에 오르려면 삼십 년은 이른 것이다.

하지만 루하의 생각은 달랐다.

"내가 도와주면?"

"……?"

"내가 가진 힘이라면 당신들이 부족하다는 거 어지간히는 다 메울 수 있을 것 같은데 말이야."

"그게…… 무슨 말씀입니까?"

"그러니까 삼십 년을 기다릴 것 없이, 내가 당신들을 그 자리에 올려 주겠다는 거야!"

정말이지 처음부터 이럴 계획은 아니었다.

그냥 지난번 저들을 보며 했던 생각이 그 순간 문득 떠올랐을 뿐이다.

'싹 물갈이를 해 버렸으면 좋겠다. 재수 없고 좀스러운 노인네들보다야 저들이 장문인이 되는 게 훨씬 나을 테니까. 게다가 약점까지 틀어쥔 마당이니 다루기도 쉬울 테고.'

정말 별 의미 없이, 그저 장난처럼 떠올렸던 생각이 엉뚱하게도 반쯤 현실이 되고 보니 그 순간 '까짓 안 될 건 뭐야?' 하고, 그야말로 즉흥적으로 툭 질러 버렸다. 그러니 구체적인 계획 같은 것도 없었다.

그 같은 속사정을 모르는 구대문파의 후기지수들은 루하의 난데없는 제안에 어안이 다 벙벙할 뿐이다.

'저자가 우리에게 왜 저런 말을 하는 것일까?'

'무슨 저의로 저자가 우리를 돕겠다는 거지?'

장문인으로 만들어 주겠다니?

무슨 의도로? 무슨 방법으로?

'그렇게 해서 대체 우리에게서 뭘 얻어 내려는 거야?'

의문이 뒤엉키고 본능적인 경계심이 날을 세운다.

마치 자신의 뜻이면 구대문파의 장문인 정도는 얼마든지 만들 수 있다는 그 오만방자함이 실로 불쾌하기도 하다.

그럼에도 심장이 떨린다.

장문인으로 만들어 주겠다는 그 말보다, 그로 인해 삼십 년 봉문의 명을 바꿀 수도 있다는 희망이 그들의 절박한 마음을 부풀게 한다. 삼절표랑이라면 그 불가능한 일이 어쩌면 가능해질 수도 있다는 희망이 그들을 더욱 간절하게 만든다.

"그래서…… 우리에게 원하는 것이 무엇이오?"

대정회에서도 가장 이성적이고 신중한 화산의 모용승이 차갑게 가라앉은 눈빛으로 루하를 본다. 차갑게 가라앉았다고는 하나 그 깊은 곳에는 분명 다른 이들의 것과 하등 다를 바 없는 간절함이 박혀 있었다.

루하가 그런 모용승을 보며 반문했다.

"원하는 거?"

"구대문파와 귀하 사이에는 은보다 원이 많고, 그간의 관계 또한 결코 좋은 관계는 아니었소. 오히려 적대적인 관계에 더 가까웠다는 것은 천하가 다 아는 일! 귀하가 구대문파의 일에 발 벗고 나서려는 것도 이해할 수 없을뿐더러 그것이 우리를 위해서라면 더더욱 그 저의를 의심해 볼 수밖에 없지 않겠소? 귀하는 우리의 약점을 틀어쥐고 있으니까. 우리를 장문인으로 세워 꼭두각시로 이용하려는 것이라면…… 우리를 잘못 봤소! 우리가 비록 내공 욕심에 구대문파의 제자로서 가면 안 될 길을 가긴 했지만, 그렇다고 자리 욕심에 눈이 멀어 사문을 팔아넘길 만큼 배역한 인사들은 아니오!"

역시 날카롭다.

루하의 의도를 정확히 짚는다. 하지만 루하는 조금도 당황하지 않았다. 오히려 콧방귀를 꼈다.

"흥! 이미 고장 날 대로 고장 났는데 더 팔아넘길 게 있기나 하고? 아직도 세상 물정을 모르시는구만. 당신들에겐 여전히 자부심일지 모르겠지만 이미 구대문파는 찢어진 그림이고 깨진 도자기야. 하등 가치가 없다고, 가치가. 하물며 뭐 하나 아쉬울 것 없는 나야. 세상 가장 귀한 것만 모으기에도 바쁜 인생인데, 그런 내가 굳이 이런 번거로운 일까지 벌일 정도로 구대문파를 욕심낸다고 생각한다면 그건 정말이지 당신들의 사문을 너무 과대평가하는 거지."

루하의 말에 아무도 반박하지 못했다.

루하의 말은 반론의 여지가 없는, 지독하게 아프고 미치도록 화가 나는, 부정할래야 부정할 수 없는 엄연한 사실이었다.

그렇게 한풀 꺾인 의심에 고개를 떨구는 그들을 보며 루하가 말을 덧붙였다.

"그래, 분명 좋은 사이는 아니었어. 적대적인 관계라고 해도 과언이 아니긴 해. 하지만 그건 어디까지나 무림맹과 일적으로 얽혀 있다 보니 그런 것뿐이지, 사적으로 구대문파에 나쁜 감정이 있는 건 아냐. 오히려 이제라도 관계를 개선했으면 하는 것이 내 개인적인 바람이야. 그런 측면에서 당신들을 도와주겠다는 거고. 그러니까 내가 원하는 건 당신들을 꼭두각시로 만드는 게 아니라 어디까지나 당신들과의 '우호(友好)'라는 거지."

의심은 한풀 꺾이고 작은 신뢰 한 조각이 그 자리를 비집는다. 반신반의 속에서 심적산이 물었다.

"그래서…… 우리를 어떻게 장문직에 올리겠다는 겁니까?"

루하는 한 차례 어깨를 으쓱해 보이고는 히죽 웃었다.

"그건 나도 몰라."

그 솔직한 말에 모두가 황당한 얼굴이 된 것은 말할 것도 없다.

"그게 무슨……."

"이봐들. 난 구대문파에 대해 아는 게 없어. 규율도 모르고 법도도 몰라. 어떤 과정을 거쳐서 장문인이 되는 건지, 누굴 설득해야 하고 누구의 허락을 받아야 하는지 아예 개념이 없다고. 그런 내가 어떻게 해야 당신들을 장문직에 올릴지 그걸 어떻게 알겠냐고."

"허면 아무 계책도 없이 그런 무책임한 말을 꺼냈단 말이오?"

"어디까지나 지금부터라도 같이 머리를 맞대고 상의를 해 보자는 거였지. 근데…… 그게 뭐 그렇게 막 어렵고 답이 없는 건 아닐 거 같은데? 이미 방법이야 당신들도 알고 있잖아?"

루하의 말에 다들 어리둥절해했다.

"무슨 말씀이오? 우리가 방법을 알고 있다니?"

"아까 당신들이 그랬잖아. 구대문파의 이름을 짊어지기

엔 나이도 경륜도 명성도 무공도 턱없이 부족하다고. 그래서 장문직에 오르지 못하는 거라고. 그럼 그것들만 채워 주면 간단하잖아?"

"……."

"뭐, 나이와 경륜이야 내가 어떻게 해 줄 수 있는 게 아니긴 해. 하지만 나이와 경륜은 사실 장문인이 되기 위해 그렇게 절대적으로 필요한 건 아니잖아? 내가 알기로는 매화검성(梅花劍聖)만 해도 고작 열일곱의 나이에 화산파의 장문인이 되었으니까. 그런데도 화산파 역사상 가장 위대한 장문인으로 추앙받고 있고."

루하의 말대로 화산파 십이 대 장문인 매화검성 단목인(丹木刃)은 고작 열일곱의 나이에 화산파 장문직에 올라 화산파의 이름을 한때 무림의 태산북두라는 소림과 무당 위에까지 올려놓은, 화산파의 가장 화려한 시대를 이끌었던 인물이었다.

"매화검성만이 아니지. 무당파의 무당일현(武當一玄)도 약관의 나이에 장문인이 되었고, 소림일기(少林一麒) 일각대사(一覺大師)도 당신들보다 어린 나이에 장문인이 되어 소림이 어려웠던 시기를 잘 극복해 냈지."

그러니 저들의 나이와 부족한 경륜이 장문인이 되기에 결정적인 결격 사유가 될 수는 없다.

"그럼 남은 건 명성과 무공인데…… 확실히 지금의 당신들로는 많이 부족해. 매화검성은 열다섯의 나이에 이십사수소요매화검(二十四手逍遙梅花劍)을 십이성 대성했고, 장문직에 올랐던 열일곱 때는 벌써 당대 십대검객으로까지 불렸으니까."

어디 그뿐이랴. 무당일현은 나이 열셋에 구대문파 장문인들의 논검에 참여해 구대문파 장문인들을 경악케 만든 천재였으며, 일각대사 또한 실력과 명성에서 소림 장문인이 되기에 전혀 부족함이 없었다.

그러한 선대의 인물들에 비하면 여기 모인 자들은 턱없이 부족했다. 기껏해야 삼봉오룡의 명성 정도인데 그걸로는 도저히 장문직에 찍어 붙일 수준이 아니었다.

모용승이 조급히 물었다.

"그래서 어쩌겠다는 것이오? 우리의 부족한 명성과 무공을 대신 채워 주기라도 하겠다는 것이오?"

"응. 그래 보려고."

"……?"

"그런 의미에서 대정회 말고 신(新)대정회 어때?"

"신대정회?"

"기존 대정회에 삼절표랑이 들어가는 거지. 물론 신대정회는 지금까지의 친목 모임과는 다른 형식으로 운영되겠지.

이를테면 논검지회(論劍之會) 같은? 삼절표랑이 대정회와 주기적으로 논검지회를 갖는다. 그것만으로도 당신들 이름은 지금보다 몇 배는 더 커지지 않겠어?"

확실히 삼절표랑의 이름과 나란히 놓이게 되면 삼봉오룡이니 구대문파 장문제자니 하는 것과는 비교도 안 될 만큼 그들의 명성은 올라갈 것이다. 게다가 삼절표랑과 논검을 하다 보면 분명 무공 면에서도 얻어지는 것이 아주 클 것이다.

그건 루하에게도 마찬가지였다.

무공 비급만으로는 충족되지 않는 무언가가 있었다. 아무리 한 번 보는 것만으로도 오의를 깨닫는 루하라고 해도, 기초와 이론이 부족하니 길이 막힐 때면 한참을 고생해야 했다. 무공에 관해서만큼은 이제 설란의 도움도 받을 수 없어, 그렇게 혼자 끙끙 앓고 있을 때면 한 번씩 뛰어난 조언자가 간절해지곤 했다.

불현듯 논검지회를 생각해 낸 것도 그래서였는데, 막상 얘기를 하고 보니 여러모로 썩 나쁘지 않다.

'그렇게 어울려 주면서 길들여 가는 재미도 꽤 있을 테고.'

무엇보다 그에겐 그들을 얼마든지 길들이고 복종시킬 내단 조각이 있지 않은가.

생각하니 재미난 장난감이라도 얻은 듯 벌써부터 설레는 루하다.

그런 루하의 속내를 아는지 모르는지, 모두 루하가 던진 미끼에 벌써 반쯤은 홀린 표정들이다. 당연했다. 삼절표랑과의 논검지회는 분명 그들을 성장시켜 줄 테니까. 그리고 또한 그 자체로 세상 사람들은 그들을 아주 특별하게 보게 될 테니까.

"허나……."

아직 해결되지 않은 문제가 있다.

"허나 그 정도로 사문 어른들이 결정을 돌리실지……."

"돌릴 거야. 당신들 사문 어른들이라고 삼십 년 봉문을 내켜서 결정했을 리가 없잖아. 어찌해도 방법이 없으니까, 앞뒤 좌우 죄다 꽉 막혀서 돌파구가 없으니까, 이대로는 구대문파를 지킬 수 없다 생각해서 그런 결정을 내렸을 거 아냐?"

그러니까 그 돌파구를 열어 주면 된다.

"구대문파의 차기를 책임질 제자들과 내가 논검지회를 통해 주기적으로 교분을 쌓고 무리(武理)를 나눈다는 것만으로도 당신들 사문 어른들에겐 아주 큰 희망이 될 거야. 물론 그것 말고도 당신들을 장문직에 올릴 보다 직접적이고 구체적인 방법도 찾아볼 거고. 그러니까 당신들은 그냥 나만 따라와. 그럼 장문인도 되고 봉문도 없던 일이 될 테니까."

의심과 경계에서 시작된 만남은 그렇게 점차 의지가 된다.

정말 이 눈앞의 사내만 따라가면 모든 일이 다 잘 풀릴 것만 같다. 툭툭 던져 대는 한 마디, 한 마디에 신뢰가 쌓이고 확신이 생긴다.

그렇게 모두가 뜨거운 눈빛으로 루하를 보는데 문득 생각난 것이 있다는 듯,

"아, 그 전에 하나 짚고 넘어가야 할 게 있군."

그렇게 툭 내뱉는 루하의 시선이 그 순간 그의 앞에 선 스물두 명의 사내들 중 하나에게 머물렀다.

모두의 시선이 루하를 따라 그 하나를 향했다.

그렇게 모두의 시선을 한 몸에 받은 인물은 다름 아닌 형산파의 능유였다.

"무, 무슨……."

루하의 갑작스러운 지목에 당황한 기색을 감추지 못하는 능유다. 그의 얼굴에는 의문도 떠올라 있다. 그런 그의 의문에 루하가 친절히 답했다.

"내가 듣기로는 지난번 강시 토벌대, 당신이 뒤에서 수작 부려서 토벌대를 꾸리게 한 거라며?"

순간 대웅전 안이 소란스러워졌다. 그도 그럴 것이 이곳에 모인 사람들은 강시 토벌대를 꾸리는 일에 형산파 장문인 여문기가 중지를 모았다는 것 정도만 알고 있었지, 거기에 능유가 관여했다는 건 전혀 모르고 있었던 것이다.

그러한 소란 속에서 능유가 발끈하며 외쳤다.

"아니오! 그건 어디까지나 스승님의 뜻이었지 나와는 관계가 없소. 설혹 약간의 관계가 있다고 해도 그것이 죄는 아니지 않소? 강시 토벌대가 그리된 것은 어디까지나 불의의 사고일 뿐인데 어찌 거기에 책임을 물을 수 있단 말이오?"

"맞아. 불의의 사고였지. 하지만 그렇다고 아예 책임이 없는 것도 아니지. 당신이 사사로운 욕심으로 당신 스승을 부추기지 않았으면 애초에 불의의 사고는 일어날 일도 없었을 테니까. 뭐, 그렇다고 이제 와서 굳이 잘잘못을 따지자는 건 아냐. 단지…… 마음에 안 들어서 말이야. 당신이랑 당신 스승, 너무 닮았단 말이지. 아주 징그러울 정도로. 들어서 알 거 아냐? 당신 스승이랑 나, 별로 안 친하다는 거. 그러니까…… 이 자리에서 미리 못 박아 두겠는데, 신대정회에 당신 자리는 없어!"

신대정회에 너의 자리는 없다!

루하의 단호한 선언에 능유의 얼굴은 더할 수 없을 정도로 구겨졌다.

청천벽력이 따로 없다. 하늘이 무너져 내리는 것 같은 충격이다.

지금 상황에서 루하가 꺼내 놓은 신대정회는 구대문파에겐 그야말로 유일한 구원 줄이자 마지막 희망의 끈이었다.

만일 여기서 내쳐진다면, 그래서 신대정회에서 그의 이름이 빠진다면 자신의 장문직 승계가 물 건너가는 것은 물론이고 형산파조차 다른 구대문파에 비해 뒤처지고 외면당하게 될 것이다. 삼절표랑의 영향력을 생각하면 구대문파의 울타리에 계속 머물 수 있을지조차 장담할 수 없게 된다.

눈앞이 깜깜해진 능유가 도움을 구하는 눈빛으로 급히 주위를 둘러보았다. 이 순간 그가 비빌 언덕이라고는 그래도 그동안 사형제처럼 가까이 지내 온 대정회 회원들뿐이었다.

하지만, 차갑다.

그의 간절한 눈빛에도 대다수가 눈을 돌려 그의 시선을 외면한다. 개중에는 오히려 추궁하듯 물어오는 자도 있다.

"사제, 사실인가? 정말 사제가 여 장문인을 부추긴 것인가?"

"……"

삼봉오룡 중 일인이자 종남파의 장문제자 진승의 엄한 말투에 뭐라 대답해야 할지를 몰라 눈만 굴리는 능유다. 그런 능유의 태도를 인정으로 받아들인 청성의 자운이 버럭 소리를 질렀다.

"대체 왜요? 왜 그랬습니까? 설마…… 지난 회합에서 우리보다 내단을 적게 받은 것 때문이었습니까? 형산의 장서각이 다른 문파의 것보다 부실해서…… 그래서 아예 판을 바꾸고 싶었던 것입니까?"

지난번 회합으로 형산의 장서각 사정을 이미 대강 짐작하고 있던 그들이다. 그들 문파가 형산파보다 경쟁에서 앞설수 있게 된 것에 내심 쾌재를 부르기도 했다. 그런 만큼 능유가 얼마나 답답하고 다급했을지, 그가 어떤 심정으로 판을 바꾸고자 했는지도 충분히 짐작할 수 있었다.

그래, 같은 무인으로서 이해는 한다. 또한 그의 말대로 지금의 결과는 의도치 않은, 어디까지나 불의의 사고였다는것도 안다. 하지만 그의 사사로운 욕심이 일어나지 않아도될 일을 일어나게 만든 것은 사실이고 그로 인해 죽은 것은그들의 스승이었다.

머리로 이해는 해도 감정적으로 용서가 안 된다. 지금 이순간 뇌리를 스쳐 가는 스승의 참혹한 주검에 어찌할 수 없는 분노만 가슴속에 휘몰아친다.

이제 능유를 향하는 눈빛들은 차가운 정도가 아니라 아예서릿발 같았다. 거기에는 수년간 맺어온 우정 따위는 한 줌도 끼어들 여지가 없었다.

그러나,

"나, 나는……."

여기서 자신의 미래를 포기할 순 없다.

"나는 그런 적이 없습니다! 아까도 말했지만 강시 토벌대를 다시 꾸리자고 한 건 어디까지나 내 스승님의 뜻이었을 뿐, 나와는 상관없는 일입니다!"

지금 이 순간 그가 할 수 있는 것은 그저 발뺌하는 것뿐이었다. 그렇다고는 해도 무작정 잡아떼는 건 아니었다. 그가 강시의 내단을 내세워 여문기를 부추긴 것은 어디까지나 그와 여문기 사이에서만 은밀히 오간 대화였다. 대체 삼절표랑이 어디에서 그런 말을 주워들은 건지는 모르겠지만, 현재 여문기가 두 다리와 한쪽 팔이 잘린 상태로 생사를 오가고 있는 만큼 능유 자신만 입을 다물면 사실 확인은 절대로 불가능했다.

하지만, 그런 능유의 오리발에 가소롭다는 듯 코웃음을 치는 루하다.

"사내자식이 진짜 끝까지 치졸하게 구는구만."

"닥치시오! 아무리 당신이 우리 구대문파의 목숨 줄을 쥐고 있다고 해도 어찌 증좌도 없이 사람을 모함한단 말이오! 삼문협의 일은 맹세코 나와는 무관한 일이오!"

"누가 그래? 내가 증좌도 없이 사람을 모함한다고."

"무슨…… 허면 증좌가 있단 말이오? 그럴 리가 없소! 애초에 그런 증좌 따위 있을 리가……."

그러나 능유의 말이 채 끝나기도 전이었다.

"이봐, 이제 그만 들어오지?"

루하가 그의 말을 자르며 대웅전 문으로 시선을 던졌다.

모두의 눈이 자연스럽게 루하를 따랐다. 그건 능유도 마찬가지다.

그런 그들의 시야로 대웅전 문이 열리며 누군가에게는 낯이 익고 또 누군가에게는 조금은 낯선 얼굴이 들어왔다. 순간, 능유가 어리둥절해하며 입을 열었다.

"대사형……."

능유에게 대사형이라 불릴 수 있는 사람은 한 명뿐이다.

여문기의 대제자 남이(南夷).

"대사형께서 어찌 여길……?"

능유의 가득한 의문에도 그에게는 눈길조차 주지 않은 채 루하에게로 다가가는 남이다. 그런 남이를 보며 루하가 푸념하듯 말했다.

"어차피 내가 더 떠들어 봐야 모함이니 무고니 그런 말밖에 못 들을 것 같으니까 당신이 직접 말해. 내게 했던 말 그대로."

루하의 그 말에 남이가 그에게도 더러 낯설고 더러 낯익은 대정회 회원들을 마주하며 입을 뗐다.

"삼절표랑께서 하신 말씀은 한 치의 틀림도 없는 사실입니다. 강시의 내단을 구실로 스승님을 부추긴 것은 분명 사제입니다. 이는 사제가 처음 그 말을 스승님께 꺼냈던 날, 스승님으로부터 제가 직접 들은 말이니 한 치의 틀림도 없는 사실입니다."

남이의 말에 대웅전 안 분위기가 술렁였다. 결국 삼문협 참변의 원인이 능유였음이 밝혀진 것도 그렇지만, 그 고발 자가 그의 대사형이란 사실이 그들을 더 놀라게 했다.

물론 다른 이들의 놀람이 아무리 크다 한들 능유에 비할 바는 아니었다.

"대사형…… 대사형께서 어찌……?"

여전히 혼란스럽고 어리둥절한 와중에도,

"대체 왜요?"

그 눈에, 그 말투에 분노와 원망을 담는다.

"설마…… 장문제자 자리가 탐나셨던 것입니까? 장문제자 자리를 어린 저한테 빼앗긴 것이 그리도 분하셨습니까? 저를 팔아넘기셔야 했을 만큼 그 일이 그리도 억울하셨습니까?"

"닥치거라! 나는 내 부족함을 누구보다도 잘 알고 있다. 그래서 스승님이 너에게 장문제자의 직위를 넘길 거라 미리 언질을 주셨을 때도 기꺼이 그리하라 말씀드렸고. 너에 대 한 스승님의 총애가 어떠한지 충분히 알고 있었으니까. 네 재능이 우리 사형제들 중 으뜸이라는 것은 누구보다도 내가 더 잘 알고 있었으니까. 한데, 네 사사로운 욕심 때문에 그 렇게 널 아끼고 믿어 주신 스승님이 그런 변을 당하셨는데, 그 일에 일말의 책임이라도 있는 너라면 응당 스스로 책임을 통감하고 은인자중해도 모자랄 일인데 어찌 뻔뻔하게도 이 자리에 다시 참석할 생각을 할 수 있단 말이냐?"

"허나 그건…… 그렇다고 마냥 주저앉아서 한탄만 할 수는 없는 일이 아닙니까? 제가 굳건해야 형산도 굳건해지는 것입니다. 저는 형산을 위해서……."

"그 입 닥치라고 했다! 여기서 스승님께 모든 죄를 뒤집어씌우려는 것을 내가 다 들었거늘 어디서 감히 형산을 위해서라는 말을 지껄이는 것이냐! 네가 그러고도 진정 스승님의 제자고 형산파의 제자라 할 수 있는 것이냐!"

한 마디 한 마디 토해내는 분노는 무겁게 능유를 짓눌렀다. 그러나 능유도 지지 않았다.

"아무리 그래도 이건 엄연히 형산의 일입니다! 문하의 죄를 따지는 일에 어찌 외인을 끌어들인단 말입니까?"

"내가 장로들께는 말씀을 안 드렸을 것 같으냐? 허나 장로님들은 그냥 덮으라 하셨다. 스승님께서 참변의 당사자가 되신 것으로 이미 그 죗값을 충분히 치르고 있으니 그냥 그대로 묻어 두는 것이 형산을 위하는 길이라 하셨다. 너의 미래를 지키는 것이 곧 형산의 미래를 지키는 것이라 하셨다."

"그런데 어찌……."

"나는 인정할 수 없었으니까! 나는 스승님께 모든 죄를 지우는 것이 결코 형산을 위하는 길이라 생각지 않는다! 또한 너의 미래가 곧 형산의 미래라고도 생각지 않는다! 피와 살을 물려받은 것만큼이나 큰 은혜를 받고도 작은 이익을 위해 스승을 이용하려 한 배은망덕한 자가 어찌 형산의 미래가 될 수 있단 말이냐!"

"흥! 말이야 번지르르하지만 결국 대사형이 원하는 것은 내가 가진 이 자리가 아닙니까? 이 자리가 탐나서 저를 저 자에게 팔아넘긴 것이 아니냔 말입니다!"

"뭐라?"

"전부터 대사형이 저를 시기하고 질투하던 것을 내 모를 줄 아십니까? 대사형이 삼 년, 사 년 걸리는 것을 일 년이면 거뜬히 해내는 저를 얼마나 눈엣가시처럼 생각하셨는지 제가 그동안 몰랐을 것 같습니까?"

"그래, 그랬다. 너를 보며 내 부족한 재능을 저주하고 원망도 했다. 하지만 그럼에도 나는 네가 형산파의 장문제자라는 것이 자랑스러웠다. 그 자리에 가장 잘 어울리는 것도 너라 생각했고 너라면 반드시 형산파의 이름을 빛내 줄 것이라 그리 믿었다. 한데 스승님을 그리 만들어놓고 고작 몇 푼의 내공을 탐내어 장서각을 뒤지고 있는 널 보는 순간 그것이 얼마나 어리석고 잘못된 믿음인지 깨달았다. 넌 형산파의 미래를 책임질 자격이 없다! 그럴 만한 그릇도 아냐!"

"허면! 대사형은 그 자격이 된단 말입니까? 장문의 그릇이 되지 못하는 건 오히려 사형이 아닙니까!"

서로 간에 한 치의 물러섬도 없다.

"거참, 집안싸움 한번 요란하게들 하네."

그걸 보고 있기가 갑갑했는지 묵묵히 듣고만 있던 루하가
불쑥 끼어들었다.

"뭔가 오해가 있는 것 같아서 말해 두겠는데, 여기 당신
대사형께선 말이야, 당신의 자리를 원한 게 아냐. 당신 사형
이 나한테 요구한 건 자신이 아니라 이사제(二師弟) 이형일
(李炯壹)이었어. 여기에서 비게 될 형산의 자리를 그 사람에
게 대신 잇게 해 달라고 했단 말이지. 비록 무재가 뛰어난 사
람은 아니지만 누구처럼 사사로운 욕심 때문에 사문과 스승
을 이용해 먹을 망종은 아니라면서. 뭐, 신대정회에 형산파
만 달랑 빠지는 건 그다지 모양새가 좋지 않으니 어지간하면
그렇게 해줄 생각이야. 근데…… 당신은 어떻게 할 거지?"

루하가 슬쩍 남이를 본다.

"이대로 사문으로 돌아가면 치도곤을 당할 것 같은데……
뭐, 정 곤란하면 신대정회에 한 자리 더 마련해 줄 용의도 있
어. 덕분에 미래의 후환거리를 걸러낼 수 있었으니까."

신대정회에 이름을 올리는 것만으로도 형산은 그를 함부
로 할 수 없게 될 것이다.

하지만 루하의 그 같은 제안에 주저 없이 고개를 젓는 남

이다.

"저는…… 형산으로 돌아가는 대로 죄를 청하고 참회동에 들 것입니다. 사문의 뜻을 어기고 사사로운 감정에 치우쳐 사형제의 치부를 외인에게 넘긴 그 씻지 못할 죄를 그곳에서 참회할 것입니다."

루하가 심히 감탄스럽다는 듯 고개를 주억거렸다. 어떻게 여문기 밑에서 이런 대쪽 같은 제자가 나왔는지 신기할 정도다.

감동이라 할지 감탄이라 할지, 억지로라도 붙잡을까 하는 생각이 문득 들었지만 관뒀다. 억지로 붙든다고 붙들 수 있을 것 같지도 않았다.

루하의 시선이 다시 능유에게로 옮겨졌다.

"이 정도면 당신이 여기에서 빠져야 할 이유는 충분히 설명이 된 것 같은데…… 그러니 이제 그만 외부인은 나가 주시지? 우리는 아직 할 이야기가 더 남아 있어서 말이야."

능유를 향하는 루하의 눈빛은 이젠 아예 무감정하다시피 했다.

그건 다른 이들도 마찬가지였다.

그간의 정리는 온데간데없고, 철저하게 외인을 보는 눈빛으로 변해 있었다.

그로써 확실해졌다.

루하의 말대로 더 이상 이곳엔 그가 있을 자리가 없는 것이다.

그리고 그날 무렵에 신대정회의 이름이 알려졌다.

구대문파의 후기지수들과 삼절표랑의 논검지회라고 했다.

삼문협에서의 참변과 무림맹의 해체, 그리고 소림의 봉문까지……. 온통 암울한 일들뿐이던 무림에 신대정회의 소식은 그야말로 가뭄에 단비 같은 소식이었다.

구대문파에 대한 비난을 쏟아내는 중에도 정작 구대문파의 봉문에는 우려와 걱정을 보내던 무림인들이다. 그도 그럴 것이 강시로 인해 잠시 숨을 죽이고는 있지만 아직 건재한 녹림도였다. 아무리 그간 민폐 짓을 많이 했다고 해도 구대문파가 있어 녹림도의 득세를 억제한 것은 부정할 수 없는 사실인 만큼, 구대문파가 문을 닫아걸면 녹림도는 통제불능 상태가 될 수도 있었다.

신대정회는 그러한 불안을 말끔히 해소시키는 것이었다.

그간 견원지간처럼 지내던 구대문파와 삼절표랑이 아니던가.

그간의 민폐 짓도 민폐 짓이지만, 어느 순간부터는 삼절표랑과 사이가 안 좋다는 것만으로도 구대문파를 향하는 세상의 눈이 더 까칠해진 감도 있었다.

그런데 그 둘이 손을 잡았다.

삼절표랑이 구대문파를 향해 손을 내밀었다는 것만으로도 구대문파에겐 다시 도약할 수 있는 기회가 되고 봉문을 철회할 명분이 된다. 거기다 그 차기 주인들은 삼절표랑과 직접적으로 교분을 쌓을 기회까지 얻었다.

어디 그뿐이랴, 삼절표랑과의 논검지회다. 천하제일고수와의 논검이다. 그 다시없을 기연을 통해 구대문파 최고의 재능들이 과연 얼마나 발전할지 어찌 짐작이나 할 수 있겠는가?

불의의 사고로 한 세대가 저물자마자 새롭게 찾아온 다음 세대에 대한 기대감에 무림인들은 설레었다. 삼절표랑을 중심으로 그들이 만들어 갈 다음 세대의 무림이 과연 어떤 모습일지 궁금해했다.

그렇게 루하가 즉흥적으로 만든 신대정회는 삭막하기만 하던 무림에 한 줄기 청량하고 신선한 바람이 되어 때로는 한잔 술의 안주거리로, 때로는 심각한 난상토론의 주제로 연일 사람들의 입에 오르내리고 있었다.

바야흐로 신대정회와 함께 신무림(新武林)이 시작되려 하고 있는 것이었다.

第六章

다시 만나다

신대정회를 중심으로 무림의 질서가 새롭게 재편되는 사이, 쟁천표국에도 변화가 생겼다. 산서성 북서쪽, 진천왕으로부터 받은 그 광활한 대지에 드디어 쟁천표국의 새 보금자리가 완공된 것이다.

"개산풍운벽(開山風雲壁)!"

거침없이 내뻗는 주먹.

"광뢰연환폭(狂雷連環爆)!"

뿌려지는 일권에 담긴 기운은 대기를 가르고,

"천개멸화격(天蓋滅火擊)!"

마치 벼락이라도 떨어지는 듯 '꽈르릉!' 하늘과 땅에서 동시에 폭음이 친다.

이어지는 강기의 폭풍에 대지가 들썩이고,

꽈꽈꽈꽈꽈꽈꽈!

그 후폭풍이 끝없이 펼쳐진 평원을 노도처럼 쓸어 간다.

언차흠의 파운삼십육권.

이곳으로 이전하자마자 그동안 눌러 둔 욕구를 마음껏 분출하며 그전에는 제대로 한 번 휘둘러 보지도 못한 권법을 펼쳐 보고 있는 중이다.

역시 대단한 무공이다. 신대정회가 만들어지고 두 번의 회합을 더 가지는 동안 구대문파 제자들에게서 스물여섯 권의 무공 비급을 더 얻었지만, 어떤 것도 파운삼십육권에 비할 바가 아니었다. 굳이 비교를 하자면 단혼팔문도에 비견되는 정도? 그러나 둘은 성격이 완전히 다른 무공이었다.

단혼팔문도가 속도에 특화된 도법이라면 파운삼십육권의 요체는 힘이다.

혈정(血精)이라는 것이 있다. 인체의 삼백육십 개 대혈 속에 내기보다 더 깊이, 더 단단히 박혀 있는 원신진기가 그것이다.

언젠가 설란으로부터 의선가의 대라환원금침대법을 받

으며 잠력을 끌어내어 내공을 늘린 적이 있었다. 하지만 그 대라환원금침대법조차 겉의 내기만 끌어냈을 뿐 혈정을 뽑아내지는 못했는데, 이 파운삼십육권은 일시적으로나마 그 혈정을 뽑아 쓰는 것이었다. 거기다 단전에서부터 주먹에 도달하는 과정에서 혈정이 격렬하게 진동하고 그 진동이 내공을 터질 듯이 팽창시켰다. 그 힘이 어찌나 가공스러운지, 마침내 그렇게 팽창된 힘이 주먹을 통해 발출되는 순간 그 반동에 주먹을 내지른 루하의 상체가 뒤로 퉁기듯 크게 휘청거릴 정도였다.

그야말로 강(强), 그 하나를 위한 권법이다.

변(變)도 쾌(快)도 없이 정말 단순무식할 정도로 오직 강함만을 추구한다.

그것이 루하의 마음을 사로잡았다.

더할 수 없이 재기가 뛰어난 단혼팔문도도 좋았고, 비할 수 없는 깊이로 호기심을 자극했던 구대문파의 무공도 좋았다. 하지만 지금 이 순간 그의 주먹에서 뿜어지는 이 터무니없는 강함이, 모든 기교를 박살내 버리는 듯한 극에 이른 이 절대적인 강이 너무 매력적이었다.

그리해 시간이 가는 줄도 모르고 파운삼십육권에 푹 빠져서 정신없이 주먹을 내질러 댔다. 그러다 문득 주먹을 멈춘 것은 살갗을 스치는 바람 속에서 느껴진 작은 물방울 때문이었다.

하늘을 올려다보았다.

아직 해가 질 무렵이 아닌데도 날이 어둡다. 어느새 하늘을 가득 채운 먹구름 때문이었다.

'곧 한바탕 퍼붓겠군.'

아무래도 금방 그칠 비가 아닌 것 같았다.

파운삼십육권의 매력에 흠뻑 취한 상태라 여기서 그만두기가 아쉽긴 했지만, 앞으로 시간이야 얼마든지 있다. 이 끝도 없이 펼쳐진 드넓은 연무장은 내일도 모레도 글피도 늘 이곳에서 한결같이 그를 기다리고 있을 것이다. 조급해할 이유가 없다.

그렇게 마음을 접었다.

마음을 접긴 했는데 막상 돌아가려니 좀 막막한 기분이 든다.

'마음껏 수련할 수 있는 연무장이 생긴 것은 참 좋은 일이긴 한데 말이야…….'

반대로 돌아가려면 이 끝도 없이 펼쳐진 평야를 지나야 하는 것이다.

'매번 수련할 때마다 현(縣)을 두 개나 넘어야 한다는 건 너무 비효율적이란 말이지.'

하지만 어쩌겠는가. 여기가 아니면 그의 파괴적인 힘을

마음껏 분출할 곳이 없는 것을. 이런 장소가 생겼다는 것만으로도 그저 감지덕지할 뿐이다.

루하는 길게 숨을 들이켜 흐트러진 호흡을 정리하고는 그 즉시 땅을 박찼다. 다음 순간 루하의 몸은 그의 처소가 있는 방향으로 빛살처럼 쏘아져 갔다.

쏴아아아아아—

예상한 대로 비가 쏟아졌다.

수련장을 떠난 바로 직후부터 퍼붓기 시작한 탓에 처소로 돌아왔을 때는 이미 루하의 온몸이 흠뻑 젖은 상태였다.

그런 그를 처소 앞에서 설란이 기다리고 있었다.

설란이 건네는 수건을 받으며 물었다.

"비 오는데 뭐하러 나와 있어? 내가 언제 올 줄 알고?"

"그냥 지금쯤이면 올 것 같았어. 비를 맞으면서까지 수련을 하진 않을 테니까. 너 그런 성격 아니잖아?"

역시 루하에 대해선 이제 루하 자신보다 더 잘 아는 설란이다.

그러고 보면 설란과 만난 지도 벌써 오 년이 넘었다. 이제 설란은 그 시절의 어린 소녀가 아니었다. 작은 손동작 하나마저 남심을 자극할 정도로 성숙해져 있었다. 하물며 그를 기다리느라 비에 젖은 상태다. 처마 밑에서 비를 피했다고는 해도 워낙에 빗줄기가 강한 탓에 옷은 이미 젖을 대로 젖었다.

젖은 옷 위로 몸의 굴곡은 훤히 드러나 있고, 길고 가지런한 머릿결은 한껏 물기를 머금었다. 날은 어둑어둑하건만 어디서 빛이 스며들기라도 하는 건지 입술만 유독 붉게 반짝인다.

그 붉은 입술을 보고 있자니 괜히 심장이 쿵쾅거리고 목이 바짝 탄다. 그런 루하의 눈빛이 뜨거웠나 보다.

설란이 움찔하며 주춤, 한 걸음 뒷걸음질 친다.

"너 왜 그래?"

"내가 뭐?"

"왜 그렇게 사람을 빤히 보는 건데?"

"그야 당연히 예쁘니까. 뭘 새삼스럽게……."

"새삼스러운 게 아니니까 그렇지. 너 방금 눈빛 너무 이상했어."

"이상하다니?"

"그게 좀……."

"음탕했다고?"

"그, 그래."

설란이 말하기 부끄러운지 살짝 얼굴을 붉힌다. 하지만 루하는 당당했다.

"좀 음탕하면 뭐 어때? 평생 너한테만 음탕하면 상관없잖아? 게다가 난 너한테만은 얼마든지 더 음탕해질 각오가 되어 있다고. 흐흐."

"돼, 됐거든? 나는 필요 없으니까 그런 각오는 청루의 기녀들한테나 가서 해."

이런 농담 자체가 부담스러울 만큼 곱게 자란 설란이지만, 그래도 그동안 표사들과 어울려 지내다 보니 이 정도 농담쯤은 간단히 흘려 넘길 만큼의 연륜은 쌓였다. 그렇게 루하의 짓궂은 농담을 가볍게 흘려 넘기고는 조금은 무거운 표정으로 화제를 돌렸다.

"그보다…… 열한 번째가 나타났어."

설란의 말에 수건으로 머리에 묻은 물기를 털어내며 처소 안으로 들어서던 루하가 순간 움찔하며 멈춰 섰다.

"어디서?"

"열흘 전 절강 안탕산(雁蕩山)에 청광편(靑光片)이 나타났어."

청광편. 이름 그대로 푸른빛의 파편이다. 진화 강시가 폭발할 때 분출되는 푸른빛의 내단 조각을 설란은 그렇게 불렀다. 즉, 설란이 말한 열한 번째란 진화 강시를 말하는 것이었다.

삼문협에 나타난 것이 네 번째. 그 후로 이 년이 다 되도록 진화 강시에 대한 소식은 없었다. 그런데 두 달 전 운남에서 다섯 번째가 나타났다. 그리고 그 후, 고작해야 두 달 남짓한 기간 동안 이번 열한 번째를 포함해서 무려 일곱 구가 더 늘어났다. 대륙 각지에서 그야말로 급속도로 진화 강시의 수가 늘어나고 있는 것이다.

"정말 시작되긴 시작됐나 보네."

처음에는 긴가민가했다.

이 년 전 황궁에서 첫 번째 강시가 나타난 이후로 연달아서 세 구의 진화 강시가 더 나타났지만, 그 후로 이 년 동안은 잠잠했다. 이번에도 혹시 그렇게 일시적인 것이 아닌가 생각했던 것인데, 이번 열한 번째로 확실해졌다.

일시적인 것이 아니다. 본격적으로 강시들의 진화가 시작된 것이다.

하지만 크게 걱정할 일은 아니었다.

일반 강시에 비해 보다 강해지고 보다 폭력적으로 변했다고 해도 어차피 하루살이일 뿐이니까. 오히려 다른 강시를 죽이고 그 자신 또한 같이 소멸하니 벌레로 치면 이로운 익충인 셈이다.

그러나 이어진 설란의 말에 상황이 바뀌었다.

"근데…… 두 구가 사라졌어."

"뭐?"

"사천의 구룡(九龍)과 목리(木里)에 있던 강시 두 구가 갑자기 보이지 않는대. 그 근방에서 청광편을 보았다는 사람도 없는데 말이야."

설란의 말에 루하의 얼굴이 딱딱하게 굳어졌다.

무림맹까지 해체된 마당에 집단이든 개인이든 강시를 잡을 수 있는 자는 루하와 쟁천표국을 제외하고는 아무도 없었다. 그러니 누군가 몰래 잡았을 리 만무했다.

"그럼 설마…… 진화 강시 짓이라는 거야?"

"어쩌면. 지금으로서는 그게 가장 가능성이 높긴 해."

사라진 두 구의 강시 중 하나가 진화를 했고, 그 진화한 강시가 다른 하나를 죽였다. 여기까지는 지금까지 나타난 진화 강시와 크게 다를 것이 없다. 하지만 문제는 청광편이 없었다는 것이다.

'폭발하지 않았다?'

지금까지 나타난 진화 강시는 단 하나의 예외도 없이 두 개의 내단을 감당하지 못하고 폭발했다. 그런데 이번만큼은 당연히 있어 왔던 폭발이 없었다.

이유는 하나뿐이다.

진화 강시가 두 개의 내단을 감당해 냈다는 것.

내단 하나를 완전히 흡수한 것만으로도 그토록 강해졌던 진화 강시다. 만에 하나 정말로 진화 강시가 다른 하나의 내단마저 흡수해 버린 거라면, 대체 얼마나 강해졌다는 것일까?

'내가…… 감당할 수 있을까?'

모르겠다. 계산이 서지 않는다.

그런데…… 승부를 자신할 수 없는데, 진화 강시가 두 개의 내단을 완전히 자기 것으로 만들었다는 것은 그야말로 최악 중에서도 최악이라 할 수 있는 상황인데 왜 심장은 물색없이 두근거리는 것일까? 왜 이렇게 흥분되고 설레는 것일까?

'나 정말…… 무인 다 됐다.'

지금 이 가슴 떨리는 긴장감은 분명 승부욕이었다.

"사천으로 가야겠어."

루하의 말에 설란이 의아해한다.

"사천은 왜?"

"가서 자세히 조사해 봐야지."

"강시가 사라진 이유가 진화 강시 때문이라는 건 어디까지나 추측일 뿐이야. 아직 아무것도 확실한 게 없어."

"그러니까 확실하게 조사해 봐야지. 두 개가 끝이 아닐 수도 있으니까."

루하가 서두르는 건 단지 승부욕 때문만은 아니었다. 그 것과는 별개로 정말로 위험하다 느꼈기 때문이었다.

만일 그 강시가 다른 강시의 내단을 취하고도 폭발하지 않은 것이 맞는다면 하나를 더 취하지 않으리란 보장이 없다. 그 한계가 세 개가 될지, 네 개가 될지 아무도 모른다. 어쩌면 이미 세 개, 네 개를 취했을 수도 있다. 아직 세상에는 위치가 파악되지 않은 강시가 열두 구나 있으니까. 그런 강시들을 취했다면 그들로서도 알 도리가 없는 것이다.

물론 그렇게까지 절망적인 상황은 아닐 것이다. 아무리 두 개를 온전히 흡수했다고 해도, 그 이상을 견딜 수 있다는 건 잘 상상이 안 된다

하지만 만에 하나라는 것이 있다. 세상일이란 모른다. 위험한 싹은 걷잡을 수 없는 지경이 되기 전에 미리 잘라 버리는 게 최선이다.

그런데…… 그렇게 사천행을 결심한 그날 새벽이었다.

오랜만에 마음껏 주먹을 휘둘러서인지 깊은 잠에 빠져 있던 그때, 갑자기 단전 속에서 무언가 고개를 빠끔히 내미는가 싶은 순간 그것이 돌연 뜨거운 불덩이로 변했다.

"으윽! 뭐, 뭐야? 왜 이래?"

이어지는 극심한 고통.

그 뜨거운 불덩이에 단전이 다 녹아내리는 것 같다.

"으으으윽! 왜, 왜 이러는 거냐고!"

심지어 조화지기도 소용없었다. 조화지기가 반사적으로

그 불덩이를 감쌌지만 조화지기를 비집고 줄기줄기 뻗어
나는 기운은 더욱더 뜨거워지고 더욱더 거세지기만 할 뿐
이다. 그 열화의 고통에 정신마저 아득해졌다.

"끄으으으으으……."

이 난데없는 상황에 루하는 아무 것도 할 수 없었다. 아
무 생각도 할 수 없었다. 비명조차 제대로 내뱉을 수 없다.
생전 느껴 보지 못한 그 지독하고 아찔한 고통에 그저 단전
을 부둥켜안고 방바닥을 뒹구는 것만이 지금 루하가 할 수
있는 전부였다.

"끄아아아아아아아아!"

얼마나 고통에 몸부림쳤는지 모르겠다.

촌각처럼 짧은 것도 같고 억겁처럼 길었던 것도 같다.

"으……."

죽을 것 같은 극한의 고통이 지나고 겨우 눈을 뜨긴 했지
만, 시야도 흐릿하고 정신도 아직 멍하다.

대체 뭐가 어떻게 된 것일까?

그러한 의문도 지금 이 순간만큼은 그에게 전혀 중요한
것이 아니었다. 이 순간 루하에게 있어 가장 중요한 것은
의문이 아니라 갈증이었다.

타는 듯한 갈증.

영혼마저 집어삼키는 어떤 욕구.

몸을 일으켰다. 아직 정신도 온전치 못하건만, 무엇을 향한 갈증인지도 제대로 인지하지 못한 채 본능이 이끄는 대로 걸음을 내디뎠다. 그렇게 자신의 처소를 나와 그가 향하는 곳은 제약실이었다.

문을 열었다. 그리해 제약실 안으로 들어선 루하의 눈길이 향하는 곳에는 작은 옥함 하나가 있었다.

루하는 성큼 걸음을 옮겨 옥함으로 다가갔다.

옥함을 열자 그 순간 어두운 제약실 안이 푸른빛으로 환하게 밝아졌다.

그랬다. 이 미칠 듯한 갈증은 진화 강시의 내단을 향한 것이었다. 지금 이 순간 루하의 눈에 일렁이는 것은 황궁에서 그를 보던 진화 강시의 그것과 같은, 운성에서 두 진화 강시가 서로를 향해 드러냈던 그 살기보다도 짙은 탐욕이었다.

어찌할 수 없는 탐욕 속에서 진화 강시의 내단으로 손을 가져갔다. 그러나 손이 막 내단에 닿기 직전, 움찔하며 손을 멈춘다.

뭐에라도 홀린 듯 온통 탐욕에 사로잡힌 그 순간에,

'내가 왜……?'

불현듯 정신이 든 것이다.

하지만…… 그럼에도 그의 눈은 여전히 내단을 향하고 있다. 타는 갈증도, 그 눈에 깃든 탐욕도 그대로다.

지금 자신이 뭘 하려는지, 뭘 원하는지 안다. 그것이 얼마나 위험한지도 안다. 그런데도 눈을 뗄 수 없다. 손을 멈출 수도 없다.

이 목마름을 도저히 참을 수가 없다.

내단을 쥐었다. 지난번 강시의 내단을 취했을 때와 같은 현상은 일어나지 않았다. 삽시간에 실처럼 일어나 고치처럼 내단을 감싸던 그때와는 달리, 조화지기는 어떠한 반응도 하지 않았다.

그리해 루하는 그저 본능이 이끄는 대로 내단을 삼켰다.

꿀꺽—

그 순간의 청량함이라니.

목구멍을 타고 넘어가는 순간 내단은 마치 강물에 떨어진 눈송이처럼 순식간에 녹아서 온몸으로 퍼졌다. 얼음처럼 차가운 것도 같고 봄바람처럼 선선한 것도 같다.

지금 루하의 몸은 삼 년 가뭄 끝에 말라서 쩍쩍 갈라진 땅이었고 내단은 그 땅을 적시는 비였다. 물을 만난 솜처럼 온몸이 내단을 빨아들이고 있었다.

해갈의 쾌감은 정말이지 말로 형언할 수가 없을 지경이다. 조금 전의 고통이 지옥의 것이었다면 지금의 쾌감은 그야말로 극락의 것이었다.

지극한 고통이 그랬던 것처럼 지극한 쾌감 속에서도 시간은 불분명했다. 촌각처럼 짧은 것도 같았고 억겁처럼 길었던 것도 같았다. 다만 다른 것은, 그리해 눈을 떴을 때 이번엔 더할 수 없이 정신이 맑았다는 것이었다.

모든 오감이 열려 있었다.

딱히 의식하지 않았는데도 천지간 모든 것이 다 느껴졌다. 건너편의 집도, 뒷산의 산새도, 심지어 저 멀리 북경의 황궁까지도…… 천지간 모든 것이 들렸고 모든 것이 보이는 듯했다. 아직 제약실 안이건만, 벽에 막혀 아무것도 볼 수 없건만 마치 눈에 보이기라도 하는 것처럼, 귀에 들리기라도 하는 것처럼 그 모든 것이 선명하게 느껴졌다.

아니, 아예 세상으로부터 벗어나 버린 느낌이었다. 어떤 초월적인 존재가 되어 세상의 모든 굴레로부터 자유로워진 것 같았다. 그렇게 세상과 떨어져 관조자로서 세상을 보고 있는 것 같은 기이하면서도 왠지 무섭고, 그러면서도 가슴 설레는 감각…….

하지만 그 같은 감각은 잠깐이었다. 환하게 열려 있던 오감은 이내 닫혔고, 어떤 강력한 인력이 그를 세상 밖에서 세상 안으로 끌어당겼다.

그리해 다시 본래의 상태로 돌아왔지만 그럼에도 이전과는 달랐다.

달라졌다.

'하긴, 변화가 없는 게 오히려 이상한 건가?'

진화 강시의 내단을 먹었지 않은가.

'게다가…….'

루하가 자신의 단전을 살폈다.

역시 없다.

아직 다 취하지 못했던 붉은 내단이, 단전 깊이 숨어 좀처럼 얼굴을 내밀지 않던 그 새침데기가 완전히 사라졌다. 아니, 진화 강시의 내단과 마찬가지로 단전 밖으로 나와 온몸 구석구석에 스며들었다.

그에게 일어난 그 모든 변화를 설명할 길은 하나뿐이다.

'역시, 나…… 진화를 한 거겠지?'

단전에서 일어난 그 뜨거운 불덩이가 진화의 전조였다고 치면 그 타는 듯한 갈증도, 진화 강시의 내단을 향한 어찌할 수 없는 탐욕도 모두 설명이 된다.

왜 생각 못 했을까? 강시의 심장 안에서만 진화를 한다는 법이 없는데 말이다. 강시의 심장에 있든 그의 단전에 있든, 혹은 다른 어디에 있든 그것이 강시의 내단인 이상 진화하지 않으리란 보장이 없는데 말이다.

그래, 진화를 했다.

더불어서 본능이 이끄는 대로 진화 강시의 내단도 취했다. 그런데도 폭발은 하지 않았다. 폭발은커녕 진화한 두 개의 내단을 완전하게 흡수했다.

'그럼 난…… 불로불사가 된 것일까? 아니면…….'

오히려 강시에 더 가까워진 것일까?

모르겠다. 다만 하나 확실한 것은 부족하지 않다는 것이다.

이곳 제약실 안에는 그동안 강시 사냥으로 모은 스물두 개의 내단과 이천 개가 넘는 내단 조각이 있다. 제약실에 들어설 때마다 늘 참기 힘든 욕구가 치밀어 올랐는데 지금은 정말이지 신기할 정도로 아무 느낌이 없었다.

정확히 자신이 어떤 상태인지는 모르지만 그의 안에서 뭔가가 완성된 것만은 분명했다.

'아니면 더 이상 강해질 수 없을 만큼 강해져 버린 것일 수도…….'

궁금했다.

얼마나 강해졌는지.

당장 다시 연무장으로 달려가 주먹을 휘둘러보고 싶었다. 하지만 제약실을 나온 루하가 신형을 날린 곳은 연무장 방향이 아니었다. 서산(西山)이었다. 연무장에 가서 얼마나

강해졌는지 확인하는 것보다 서산에서 먼저 해야 할 일이
있었다.

조금 전 오감이 열리고 천지간 모든 것이 다 느껴졌을
때, 세상 밖에서 세상을 관조하며 건너편의 집도, 뒷산의
산새도, 저 멀리 북경의 황궁까지 그림처럼 펼쳐진 세상을
보게 되었을 때, 유독 그의 오감을 자극하는 것 하나가 바
로 그곳에 있었다.

그리해 서산 투와봉(鬪蛙峰)으로 달려갔다.

그리고 그곳에서 다시 만났다.

낯익은, 지금껏 단 한 순간도 머릿속에서 지운 적이 없는
강시 연화를.

연화를 마주한 순간 루하는 자신의 변화를 새삼 실감했
다.

역시 강해지긴 강해졌나 보다.

무섭지 않다.

천중산에서는 그저 마주한 것만으로도 풀썩 주저앉아 벌
벌 떨기만 했는데, 아직도 가끔 그날의 악몽을 꿀 정도로
공포는 그의 영혼에 가시처럼 깊이 박혀 있었는데 지금은
그녀를 지척에 두고도 전혀 아무렇지 않다.

오히려 반갑다.

왜 그런지 모르겠지만 이렇게 다시 재회하고 보니 그 무서웠던 존재가 그냥 친숙하고 마음이 즐겁다.

단지 무섭지 않다는 이유로 이렇게 친근함이 드는 것이 루하 스스로도 의아할 지경이었다.

그런 루하의 시선이 연화에게도 의아하긴 마찬가지였는지 연화의 눈빛이 흔들렸다. 검고 깊은 눈동자에 당황의 빛이 어렸다.

'나 참, 내가 정신이 나가긴 나갔나? 저게 왜 애처롭게 보이는 건데?'

그 모습은 흡사 놀란 아기 사슴 같다.

'말이 되냐고, 말이! 정신 차려! 저건 강시라고, 강시!'

강시긴 하지만 진짜 예쁘긴 더럽게 예쁘다. 다시 봐도 도무지 인간세상의 것 같지가 않다.

하지만 지금은 감탄이나 하고 있을 때가 아니었다.

"언제부터지?"

불쑥 던지는 루하의 질문에 연화가 의미를 모르겠다는 얼굴로 그를 본다.

"언제부터 날 따라다녔는지 묻는 거야."

여기서의 재회가 우연일 리 없다.

"처음부터……."

"처음부터? 천중산에서부터? 줄곧?"

연화가 고개를 끄덕인다.

루하는 순간 머리털이 곤두서는 것을 느꼈다.

그때부터 줄곧 그의 옆에 있었는데도 전혀 눈치채지 못하고 있었다. 그녀가 나쁜 마음을 먹었다면 그는 이미 살아 있는 목숨이 아니었을 것이다.

"대체 왜?"

"몰라. 그러니까 가르쳐 줘. 넌 누구지? 아무것도 생각나지 않는데 왜 내 기억에는 네가 있는 거지? 왜 너한테서 떨어지면 견딜 수 없도록 네가 생각나는 거지?"

그것이 그녀가 지금껏 루하를 따라다닌 이유였다.

물론 루하는 그 이유를 알고 있었다. 아니, 지금까지는 긴가민가했지만 이제는 확실하게 알았다.

역시 귀소본능 때문이다.

그녀가 강시였을 때, 아니, 지금도 강시인지는 모르겠지만 아무튼 그녀가 관짝 안에서 아직 깨지 않았을 때 우연찮게 밀어 넣은 조화지기가 귀소본능을 불러일으킨 것이 틀림없었다. 그리고 어쩌면 그녀에게 드는 이 이해 못 할 친근함도 자신에게서 파생되어진 것에 대한 어떤 끌림일는지도 모르겠다.

루하는 그가 알고 있는 사실을 그녀에게도 가르쳐 줄까 잠시 생각했지만 이내 관뒀다.

자못 심각한 그녀의 눈빛을 보자니 뭔가 대단한 사연이라도 있는 줄 아는 것 같았다. 아무것도 생각나지 않는 과거 속에 남은 유일한 기억인 데다 귀소본능의 그 강렬한 끌림까지, 루하에게 특별한 의미를 부여하는 것은 그녀의 입장에서는 어쩌면 당연한 일일 수도 있었다.

그런데 만일 그것이 단순히 조화지기 때문이라면? 그 기억나지 않는 과거 속에도 그들 사이에 아무런 인연의 끈도 없었다는 것을 그녀가 알게 된다면?

'날 죽이려 들지도 몰라.'

그를 죽여 거추장스러운 감정을 잘라 버리려 할지도 모르는 것이다.

순간 천중산에서 보았던, 군웅일왕채의 채주 분광도 흑수신의 참혹한 죽음이 뇌리를 스쳐 갔다. 군웅일왕채 백오십 도적들을 갈기갈기 찢어발기던 얼음처럼 투명한 손이 아직도 뇌리에 생생했다.

물론 그때처럼 두렵지는 않았다.

지금은 그때와는 다르다.

훨씬 더 강해지고 단단해졌다.

지금이라면…….

'그래. 지금이라면…….'

폭주 강시에게 그랬던 것처럼, 황궁에서 그러했던 것처

럼, 삼문협에서 또한 거뜬히 무찔렀던 것처럼 이 여자 강시도 충분히 제압할 수 있을 것이다.

'이참에 어디 내 실력을 한번 보여줘 봐봐?'

호승심도 승부욕도 아니다.

지난날 그녀의 앞에서 겁에 질려 벌벌 떨던 무기력하고 나약했던 자신이 아님을 그저 보여주고 싶은 것뿐이다. 자신이 그동안 얼마나 강해졌는지 자랑하고 싶어서 그저 몸이 근질근질한 것뿐이다. 물론 지금까지 줄곧 그를 따라다녔다면 그의 변화도 속속들이 다 알고 있겠지만 그것과는 상관없이 한때 공포의 대상이었던 그녀에게 지금 자신의 실력을 한껏 뽐내보고 싶었다.

그런데 그때였다.

돌연 연화의 눈빛이 사납게 변했다.

하지만 그건 루하의 유치한 치기에 반응한 것이 아니었다. 그 순간 연화의 시선은 다른 곳을 향하고 있었다. 그건 루하도 마찬가지였다. 연화를 따라 시선을 던지는 루하의 얼굴이 순간 딱딱하게 굳었다.

뭔가가 오고 있었다.

본능을 일깨우는 무언가.

어제였다면 몰랐을 테지만 지금은 알 수 있다.

진화 강시다. 새로운 진화 강시가 지금 그들을 향해 달려

오고 있는 것이다.

그것을 인지한 순간 절로 살기가 일어난다. 하지만 그도 잠깐, 차라리 잘되었다 싶었다.

그렇잖아도 그녀에게 자신의 실력을 보여 주고 싶던 참이었다. 그런 참에 실력을 뽐내기에 딱 알맞은 상대가 때맞춰 나타나 줬으니 반갑기까지 했다.

그러나 한발 늦었다.

그가 미처 생각을 마치기도 전에,

팟—

그보다 먼저 땅을 박찬 연화가 빛살처럼 쏘아져 간 것이다.

"안 돼! 손대지 마! 그거 내가 먼저 침 발라 놓은 거라고!"

*　　　*　　　*

"뭐가 이렇게 빨라?"

앞서 달리는 연화의 뒷모습을 보며 루하는 어이가 없었다.

그는 지금 스스로 생각하기에도 엄청난 속도로 달리고 있었다. 황궁에서 도망치는 진화 강시를 단번에 따라잡았을 때보다도 훨씬 빨랐다.

그런데 연화와의 거리가 좁혀지지 않는다.

정말 온 힘을 다해 달리고 있는데도 좀처럼 따라잡을 수가 없다.

아무리 자신이 상승의 경공술을 배우지 않았다고 하더라도 두 개의 내단을, 그것도 진화를 마친 내단을 모두 흡수한 상태였다. 거기다 조화지기의 효용으로 인해 그 가공할 내력이 몇 곱절이나 부풀려졌다. 그 힘을 모두 다 쏟아서 달리고 있는데 어째서 뒤꽁무니를 쫓는 게 고작이란 말인가?

자신이 느린 것이 아니다.

연화가 말도 안 되게 빠른 것이다.

'그래 봤자 강신데, 대체 왜?'

천중산에서 보았을 때도 그때까지 만났던 강시와는 다르다 생각했다. 단지 흑백 선명한 눈동자 때문이 아니라 왠지 모르게 유달리 강했다. 폭주 강시를 상대할 때도, 진화 강시를 상대할 때도 그녀에게서 느꼈던 그 강렬함에는 미치지 못했다. 그러나…… 그래도 강시의 범주 안에 있었다. 강시치고는 강하다 싶은 정도였을 뿐이다. 그런데 지금 자신의 앞을 달리는 그 모습은, 그 뒷모습에서 전해져 오는 넘볼 수 없는 어떤 기운은 도저히 강시의 범주에 담을 수 있는 것이 아니었다.

그 같은 느낌은 그렇게 내달린 끝에 그들을 향해 달려오고 있는 강시와 조우했을 때 보다 더 확실해졌다.

"크아아앙!"

연화를 발견한 강시가 사납게 포효성을 터트리는 순간, 연화의 속도가 한층 더 빨라진 것이다.

어찌나 빠른지 잔영마저 길게 늘어뜨리며 뻗어간 연화는 이미 강시의 목을 낚아채고 있었다. 그러고는 냅다 땅바닥에 내동댕이쳐 버리더니, 찰나의 틈도 주지 않은 채 예의 그 섬뜩하리만치 투명한 소수로 강시의 심장을 뚫어 버렸다.

"끄어어어……."

그야말로 눈 깜짝할 사이에 벌어진 일이었다. 그리고 그걸로 끝이었다. 뚫려 버린 심장을 중심으로 투명한 얼음막이 순식간에 전신으로 퍼져 간다 싶은 순간, 살얼음판이 깨어지듯 쩌저저적 균열이 일었고 그 균열대로 살점들이 조각조각 갈라져 우수수 떨어져 내렸다.

보통 강시가 죽으면 기체로 변해서 흩어지기 마련인데 기체로 변할 틈도 없이 얼어붙어 버린 것이다.

같은 강시이건만, 심지어 진화까지 한 상태이건만 단 일수에 죽여 버리다니? 그 압도적인 신위에 루하는 머릿속이 복잡했다.

지금 자신은 천중산에서의 무기력하고 나약했던 겁쟁이
가 아니었다. 그때보다 몇 배나 더 강해졌다. 그래서 지금
이라면 그녀 정도는 능히 제압할 수 있을 거라 생각했다.

하지만 틀렸다.

몇 배나 강해진 것은 자신만이 아니었다. 이 눈앞의 여자
강시 역시 그 사이 가늠할 수 없을 만큼 더욱더 강해져 있
는 것이다.

'대체 어떻게?'

도무지 이해할 수 없는 상황에 그저 멍하니 연화를 보고
있는데, 연화가 그에게 다가와 뭔가를 내밀었다.

얼음처럼 투명한 손에 반사되어 반짝거리는 것은 진화
강시의 내단이었다. 심장을 꿰뚫었을 때 내단까지 취한 모
양이었다.

'근데…… 왜 이걸 내게 내미는 거지?'

그 의도를 모르겠다는 얼굴로 멀뚱히 연화를 보는데, 연
화가 대수롭지 않다는 듯 말했다.

"그냥…… 이제 나한테는 필요 없으니까."

연화의 말에 루하가 살짝 미간을 찌푸렸다.

이제 필요 없다는 건 전에는 필요했다는 말이다.

"당신도 이걸 먹었어?"

"응."

"왜?"

"왜 그걸 먹어야 했냐고 묻는 거라면, 이유는 몰라. 그냥 그렇게 할 수밖에 없었으니까 그렇게 했어."

모호하기 그지없는 대답이었지만 루하는 충분히 이해했다. 자신 또한 조금 전 제약실에서 내단을 먹었다. 다른 이유 없이 그저 먹을 수밖에 없어서.

"그래서…… 얼마나 먹었는데? 하나? 둘?"

"충분할 만큼."

"그러니까 그 충분할 만큼이 몇 갠데?"

루하가 답답해하며 물었지만 연화는 대답해 주지 않았다. 황당한 것은 지금 이 순간 연화의 눈빛이 어딘지 처연하게 가라앉아 있다는 것이다. 아니, 정말이지 그녀는 어울리지 않게도 슬퍼 보였다. 그리고 그 슬픈 눈망울이 향하는 곳은 얼음 덩어리들이 되어 바닥에 뒹굴고 있는, 방금 그녀가 무참히 죽인 강시였다.

'그렇게 사정없이 일격에 죽여 놓고 이제 와서 같은 강시를 죽인 게 새삼 양심에 걸리기라도 하는 거야? 그럼 처음부터 죽이지를 말든가…….'

이 무슨 모순된 행동이란 말인가?

'아니, 그건 뭐 그렇다 치고, 그래서? 그 충분할 만큼이라는 게 몇 개라는 건데?'

적어도 한둘은 아니다.

지금 그녀의 얼굴에 들어찬 슬픔은 비단 저 하나를 향한 것이 아니었다. 그것은 겹겹이 더해지고 더해진, 회한과도 같은 슬픔이었다.

'하긴, 그러니까 저렇게나 강한 거겠지만.'

과연 이길 수 있을까?

정확히 몇 개인지는 모르지만 저 고운 얼굴에 짙게 드리워진 슬픔만큼이나 중첩되고 중첩된 내단의 힘을 과연 자신이 감당해 낼 수 있을까?

두렵지는 않았다.

아니, 몸 안에서 요동치는 주체하기 힘든 기운만큼이나 자신감이 넘친다.

경공술에서 밀리긴 했지만 그것이 내력의 차이는 결코 아니었으니까.

그녀의 소수혈마공이 꺼림칙하긴 하지만 자신의 파운삼십육권과 단혼팔문도도 결코 그에 못지않은, 충분히 자웅을 겨뤄볼 만한 상승의 무공이니까.

그러나 정작 그럴 의욕이 없다.

강시든 뭐든 어쨌든 상대가 여자라서인지, 아니면 정말 조화지기로 이어진 끈 때문인지, 그도 아니면 깊게 가라앉은 저 여린 눈빛 때문인지 투지도 적의도 도통 일지 않는다. 투지는커녕 지금 이 순간 그의 마음속을 휘도는 것은 어떤 애잔함이었다.

괜히 마음이 무겁다.

그리해 숨을 크게 들이켜던 루하는 순간 흠칫했다. 차갑기만 하던 밤공기가 어느덧 알싸한 새벽 공기로 바뀌어 있었던 것이다. 그러고 보니 어느덧 날이 어슴푸레 밝아 오고 있었다. 어둠뿐이던 하늘에도 푸르스름한 빛이 감돈다.

잠시 빛이 스며드는 하늘을 보고 있던 루하가 문득 연화를 보며 입을 열었다.

"저기……."

"……?"

연화가 루하를 의아히 본다.

연화의 시선에 잠깐 뒷말을 망설이며 머뭇거리던 루하가 이내 결심을 굳히고 말했다.

"나랑 같이 갈래?"

"……?"

"아니 뭐…… 딱히 갈 데도 없는 것 같고, 어차피 또 계속 나만 따라다닐 것도 같고, 몰랐다면 모를까 이미 알아 버린 이상 안 보이는 데서 자꾸 얼쩡거리면 그것도 꽤 피곤할 것도 같고. 새로 이사한 집엔 빈방도 많으니까, 그러니까…… 같이 갈래?"

사실 불안하다. 곁에 두기에는 충분히 불안한 존재다. 하지만 보이지 않는 곳에 두는 것보다는 보이는 곳에 두는 것이 마음이 더 편할 것 같았다.

그 같은 루하의 제안이 뜻밖이었는지 한참을 말없이 루하를 보는 연화다.

그러다 이내 고개를 끄덕인다.

"알겠어. 같이 갈게."

이 사내의 곁에 있고 싶다. 조금이라도 더 가까이.

조금이라도 더 가까이 있고 싶어 하는, 아무리 해도 벗어날 수 없는 이 올가미 같은 감정의 실체가 무언지도 궁금했다.

좀 더 가까이에서 살피다 보면 이 사내가 누군지, 자신에게 어떤 존재인지, 이 감정의 실체가 무언지도 알 수 있지 않을까?

하지만 루하는 또 그녀로부터 막상 그렇게 승낙을 받고 보니 뒤늦게 걱정이 밀려든다.

강시인지 사람인지 아직 잘 모르겠지만 그 실체가 무엇이든 겉으로 보기에는 그냥 사람이다. 아니, 잠들어 있던 이백 년의 시간이 무색하게도 비할 데 없이 아름답고 젊다. 그런 그녀를 데리고 간다면 아마도 세상은 삼절표랑이 첩이라도 들인 줄 알 것이다.

아니, 세상의 시선이야 상관없다. 문제는 설란이다. 세상이 어떻게 생각하든 하나도 신경 안 쓰이는데, 설란이 어떻게 생각할지는 벌써부터 겁이 난다.

연화의 미색에 빠져서 이젠 강시마저 집안에 끌어들인다며 괜한 오해나 하지 않을지…….

'걔가 은근히 질투가 좀 있는 편인데 말이지.'

강시든 뭐든 간에 외간 여자를 집안에 끌어들이면서 당당할 수 있는 사내란 세상천지에 없는 것이다.

하지만 괜한 걱정이었다.

연화를 본 순간 설란의 눈빛에 들어찬 것은 질투가 아니었다. 오히려 초롱초롱 반짝이는 그 눈에 깃든 것은 반가움이었고 희열이었다. 아니, 정확히는 의술을 하는 자로서의 호기심이고 학구열이다. 그도 그럴 것이 환혼혈강시라는 이름만으로 제갈세가의 표행에 참여했던 설란이었다. 불로불사라는 절대적인 명제 앞에서 아주 작은 단초라도 얻을 수 있을까 하는 기대로 그 모든 위험을 감수했다. 그런데 지금 그녀의 눈앞에 있는 이 숨 막히도록 아름다운 여인은 작은 단초 정도가 아니라 어쩌면 불로불사의 표본일 수도 있었다.

루하로부터 천중산에서 있었던 일을 전해 들은 것만으로도 심장이 터질 듯 널뛰었는데, 하물며 당사자가 지금 이렇게 그녀의 눈앞에 나타났으니 그 흥분되고 떨리는 심정이야 오죽하겠는가.

'이건 뭐, 질투는 내가 해야겠는데?'

아닌 게 아니라, 저렇게 뜨거운 눈빛을 루하는 단 한 번도 받아 본 적이 없는 것이다.

*　　　*　　　*

"어떻게 됐어? 마음에 들어 해?"

연화의 거처를 마련해 주고 돌아온 설란에게 루하가 그렇게 물었다.

설란이 고개를 끄덕였다.

"마음에 들어 하는 건지는 잘 모르겠지만 별로 개의치 않아 하는 걸 보니 마음에 안 들진 않는가 봐."

"별문제는 없겠지?"

"그렇게 걱정되면서 어떻게 여길 데려올 생각을 했니?"

"그야 눈에 보이는 곳에 두는 편이 마음이 놓이니까. 그래야 통제를 하든 단속을 하든 할 수 있을 거 아냐?"

"단지 그것뿐이야?"

"그것뿐이 아니면?"

"예쁘잖아."

"……."

"직접 보니까 너한테 듣던 것보다 훨씬 더 예쁘던데? 같은 여자가 보기에도 반할 만큼 예쁘던데 사내가 다른 마음이 안 생긴다면 뭔가 문제가 있는 거지. 안 그래?"

아무렇지 않다는 듯 어깨를 으쓱하는 그녀를 보며 루하는 순간 저도 모르게 고개를 끄덕일 뻔했다. 하지만 저렇게 아무렇지 않은 척할 때야말로 그 밑에 무시무시한 덫이 숨겨져 있다는 걸 이제는 안다. 여기서 자칫 잘못 발을 내디뎠다가는 적어도 한 달은 얼음장 같은 그녀의 얼굴을 대면하게 될 수도 있었다.

그래서 루하도 짐짓 대수롭지 않다는 듯 대꾸했다.

"그래 봤자 강신데, 뭐. 게다가 너한텐 비교도 안 되고. 나 이래 봬도 눈 높아. 아무한테나 막 반하고 그러는 남자 아니라고."

과하지도, 그렇다고 부족하지도 않게 잘 넘긴 모양이다. 못 믿겠다는 듯 삐죽 입술을 내밀지만 베실베실 입가의 미소를 감추지 못한다.

그 미소를 보자니 안심이 되기보다는 오히려 불안감이 앞선다.

덫은 완전히 사라진 게 아닌 것이다. 그저 지금 이 순간만 잘 피했을 뿐이다. 연화의 존재는 끊임없이 그를 시험에 들게 할 것이고, 그럴 때마다 설란은 그를 덫으로 유인할 것이다.

'이거…… 내가 괜한 골칫거리를 데려온 건가?'

두고두고 가시밭길이 될 것 같은 이 불길함이라니.

새삼 후회가 밀려들지만 이제 와 물릴 수도 없는 일이다. 그저 끊임없이 조심하고 또 조심할밖에.

第七章

삼절표랑의 어록집

"국주님, 간밤에 안녕하셨습니까? 흐흐흐."

"하하. 안녕하셨을 리가 없잖은가? 저 얼굴 좀 보라고. 밤새 아주 반쪽이 되셨잖은가?"

"적당히 하십시오, 적당히. 그러다 뼈 상합니다. 뼈 상해."

"예끼! 이 사람들아. 이럴 때는 그냥 모른 척하는 거라고. 사내대장부라면 삼처사첩도 흉이 아닌데 뭘 그렇게 놀리고들 그러는가. 우리 국주님 민망하시게."

이른 아침, 루하의 얼굴을 보자마자 표사들의 놀림이 시작된다.

하루 이틀 일이 아니다. 연화를 데려온 지 닷새가 지났고 그 닷새 동안 줄곧 들었던 농이다. 그런 거 아니라고 해도 아무도 안 믿는다.

쟁천표국의 새로운 보금자리는 내원과 외원이 명확하게 구분이 되어 있었다. 그리고 진천왕이 땅과 함께 직접 골라서 보내준, 아주 제대로 교육을 받은 하인들이 내원을 돌보고 있었다. 그러다 보니 내원에서 일어나는 어떠한 일도 밖으로 새어 나가지 않았다. 그 바람에 루하의 거처가 있는 내원은 그야말로 신비지처나 다름없었다. 그런 차에 하필이면 설란이 루하의 처소 바로 옆에 연화의 거처를 마련해 준 데다, 뭔가 찔리는 거라도 있는지 루하 또한 연화에 대해서는 이렇다 할 소개를 해 주질 않으니 오해가 부풀려지는 거야 당연했다.

'그렇다고 걔가 강시라는 사실을 털어놓을 수도 없는 노릇이잖아?'

그랬다가는 하인들이고 표사들이고 할 것 없이 그날로 난리가 날 터였다. 아무리 강시 사냥에는 달인들이라 해도 머리맡에 강시를 두고 편히 잠을 청할 수 있을 만큼 강심장들은 아니니까. 루하는 그런 그들의 안녕과 편안한 잠자리를 위해 그냥 '천하에 부러운 놈'으로 남기로 한 것이다.

아무튼 그렇게 표사들의 놀림을 받으며 그가 향하는 곳은 닭수리들이 있는 닭장이었다. 모이를 주기 위해서였다.

새끼들이 마냥 귀여워서 거의 매일같이 닭장을 찾아서 시간 가는 줄 모르고 놀다 보니 어느 순간부터 자연스럽게 하루의 첫 모이는 그가 담당을 하게 된 것인데, 그것이 일 년이 지난 지금까지도 이어지고 있었다.

그런데 그렇게 닭장에 도착하고 보니, 그보다 먼저 와 있는 선객이 있었다.

"……?"

연화였다.

뜻밖이었다.

연화가 이곳에 있는 것도 그렇지만 그녀를 대하는 닭수리들의 반응도 그랬다. 그녀가 던져 주는 모이를 넙죽넙죽 잘도 받아먹는다. 새끼 하나는 아예 그녀의 품에서 꾸벅꾸벅 졸고 있기까지 했다.

표국에선 그와 표두 모옹에게 말고는 누구에게도 곁을 내주지 않던 닭수리들이었다. 모옹만 해도 여섯 달의 노력 끝에야 겨우 새끼들에게 첫 모이를 주는 데 성공했고, 그 이후부터는 표행조차 거르며 새끼들 봉양에 매달려야 했다. 한데, 저 스스럼없는 모습들이라니?

'조화지기 때문에 동질감이라도 느끼는 건가?'

루하는 고개를 갸웃거리며 연화에게로 다가갔다.

"이렇게 일찍부터 여기서 뭐해?"

그제야 연화가 흠칫하며 루하를 본다.

하지만 연화가 뭐라 대꾸하기도 전에 새끼 닭수리들이 난리가 났다. 연화의 품에서 졸고 있던 새끼까지 죄다 달려 와서는 루하의 다리에 부리를 비벼 대기 바쁘다.

그나마 새끼들은 발치에서만 놀아서 정신은 덜 사납다. 하지만 그다지 좋아할 만한 일은 아니었다. 새끼들이 발치 에서만 노는 것은 루하의 양어깨가 제 부모들의 고정석이 기 때문이기도 했지만, 사실 아직 나는 데 많이 서툰 때문 이었다. 이미 외형은 완전한 성체인데 태생적인 문제인 건 지, 아니면 아직 덜 자란 것인지 날지를 못한다. 위로 높이 던져도 보고 지붕 위에서 날려도 봤지만 아직 첫 비행에 성 공한 새끼가 한 마리도 없었다.

"그냥 닭이라도 이 정도 컸으면 제법 날갯짓이라도 할 텐데 얘들은 대체 뭐냔 말이지. 죄다 수컷들이라 알을 낳을 수 있는 것도 아니고. 이보라고, 꼬맹이들아. 니들은 대체 언제 밥값 할 거니?"

하긴, 밥값 못 하는 건 제 부모들도 마찬가지다.

하루가 멀다 하고 붉은 내단 조각을 물어 나르던 녀석들 이 언제부터인가 하염없이 놀고 있다. 아무래도 무림맹으 로 인해 뿌려진 것들이 거의 대부분 회수가 된 모양이었다. 문제는 진화한 강시에게서 나오는 푸른 내단 조각인 청광편이다.

세상에 뿌려진 청광편의 양은 이미 붉은 내단 조각보다 많았다. 그런데도 2년 동안 모은 것이 고작 서른 개밖에 되지 않을 정도로 거의 회수가 이루어지지 않고 있었다. 더구나 그중에서 닭수리들이 물어온 건 채 절반도 되지 않았다. 나머지는 따로 은밀히 수색꾼까지 동원해서 찾은 것이었다.

그도 그럴 것이 닭수리들이 내단 조각을 물어온 건 괴수를 잡다 보니 부수적으로 얻어지는 일종의 전리품 같은 것이었다. 원래부터 내단 조각이 목적이 아니라 괴수 사냥이 목적인 녀석들이었는데, 청광편은 괴수를 통해 발현되는 것이 아니었다.

사기가 사라져서인지 산짐승들이 그것을 먹고 변종 괴수로 변하는 사례가 아직 없었다. 붉은 내단 조각처럼 한눈에 띌 만큼 반짝이지도 않았다. 조각조각 갈라져 뿌려지는 순간 그 빛마저 잃어버리는지, 보석이라기보다는 약간의 푸른빛이 도는 작은 자갈처럼 생겼다. 크기도 모양도 제각각이라 크게 신경을 기울이지 않으면 누구라도 그냥 스쳐 지나 버릴 만큼 평범하기 이를 데 없는 자갈. 그래서인지 시력이 사람과는 비교도 안 될 만큼 좋은 닭수리들조차 찾는 데 꽤나 애를 먹고 있었다. 그러니 수색꾼들이야 오죽하겠는가. 한 달 내내 허탕을 칠 때도 허다할 지경이었다.

'그래서 이 녀석들한테 더 기대가 컸는데 말이야.'

새끼 닭수리들이 다 자라면 청광편을 모으는 일이 한결 빨라질 거라 그렇게 기대를 했는데, 일 년이 다 되도록 땅강아지처럼 바닥만 기고 있으니 아주 환장할 노릇이었다.

"이것들아, 진짜 언제까지 밥만 축낼 거야? 일하지 않는 자 먹지도 말라는 말 몰라? 나는 자선 사업가가 아니라고. 내 인내심은 그렇게 길지가 않……."

그동안 쌓인 불만을 투덜거리던 루하가 순간 흠칫하며 말문을 흐렸다. 무심결에 닭장으로 눈길을 던지다 그 안에서 낯익은 물건 하나를 발견한 때문이었다.

닭장 안 한쪽 구석에 놓여 있는, 엄지손톱만 한 크기의 푸르스름한 잔돌…… 청광편이었다.

"오호! 그래도 아예 놀고 있었던 건 아니로군."

녀석들이 청광편을 물어온 게 얼마만인지 모르겠다. 거의 두 달이 다 된 것 같다.

반가운 마음에 곧장 닭장으로 달려가 청광편을 거머쥐려 했다. 그런데 그때였다.

"안 돼!"

연화가 갑자기 그렇게 소리치며 루하를 밀치는 것이 아닌가.

"뭐야? 왜 그래?"

"위험해."

"뭐? 위험하다고? 저게?"

설란의 말로는 사기가 벗겨진 청광편은 그만큼 안전하다고 했다. 기존의 것은 사기가 강해서 외상에 바르는 금창약으로밖에 활용을 못 하는 데 반해, 청광편은 물에 희석하면 내상 환자들에게 직접 복용시킬 수도 있을 거라고 했다. 거기다 하나로 얻을 수 있는 내공의 양도 훨씬 더 많아서 숫자가 다 채워지는 대로 표사들에게 나눠줄 생각까지 하고 있었다.

그런데 위험하다니?

자신을 그렇게 밀쳐내면서까지 막아야 할 이유가 대체 뭐란 말인가?

루하가 이해할 수 없다는 눈빛으로 연화를 본다. 하지만 사실 연화 또한 영문을 모르는 건 마찬가지였다.

처음 보는 물건이었다.

그게 정확히 뭔지도 모른다.

그런데도 청광편을 보는 순간, 아니 루하가 그것을 만지려는 순간 느닷없이 일어나는 어떤 불길함과 다급함에 저도 모르게 루하를 밀쳤다.

그렇게 밀치고 나서도 왜 이 작은 돌멩이에 자신이 그런 반응을 한 건지, 그 불길함과 다급함은 또 어디에서 기인한 건지 전혀 알 수가 없다.

그 같은 연화의 표정에 혼란스럽기만 한 루다.

'쟤가 아무 이유 없이 그러진 않았을 테고……'

청광편은 강시에게서 나온 것이다. 아무리 설란이 의학적 지식이 풍부하다고 해도 청광편에 관해서만큼은 연화에겐 미치지 못할 수도 있었다.

'혹시 지워진 과거 속에 청광편에 대한 뭔가 안 좋은 기억이라도 있는 건가?'

왠지 섬뜩했다.

지금껏 아무렇지도 않게 만졌고 별다른 이상 징후도 없었는데, 새삼 청광편을 보고 있자니 괜히 찝찝한 마음이 들고 함부로 손을 못 가져가겠다.

'아무래도 란이한테 다시 한 번 더 조사를 해 보라고 해야겠어.'

생각이 채 끝나기도 전이었다. 호랑이도 제 말 하면 온다 했던가? 그 순간 때마침 그들이 있는 곳으로 설란이 찾아왔다.

한데, 어쩐 일인지 표정이 좋지 않다.

어둡고 심각하다.

"왜 그래? 무슨 일 있어?"

루하의 물음에 잠시 루하와 연화를 번갈아 보던 설란이 표정만큼이나 무거운 목소리로 말했다.

"사천에서 강시 한 구가 더 사라졌어."

"뭐?"

"이번엔 반지화(攀枝花)야. 앞서 구룡과 목리에서 사라진 두 구와는 한 동선상에 있어. 그냥 우연일까?"

루하의 얼굴이 딱딱하게 굳어졌다.

이번에 연화와 재회하게 되면서 그녀를 통해 확실하게 알게 된 것이 있었다.

강시가 강시의 내단을 먹어도 경우에 따라서 폭발하지 않을 수도 있다는 것.

강시에 따라서는 세 개, 네 개 '충분할 만큼' 중첩해서 먹을 수도 있다는 것.

또한 중첩되는 만큼 강해진다는 것.

연화의 존재가 바로 그 증거였다.

세 구의 강시가 사라진 것이 단순히 우연이라면 좋겠지만 그게 아니라면? 그중 한 구가 연화처럼 폭발하지 않은 것이라면? 그래서 두 구의 강시를 중첩해서 먹어 버린 것이라면?

어쩌면 지금 설란이 가져온 소식은 그들이 우려했던 최악의 상황이 현실이 되어 나타난 것일지도 몰랐다.

"역시 사천으로 가야겠어. 우연인지 아닌지 가서 직접 내 눈으로 확인해 봐야겠어."

미적거릴 때가 아니었다.

"알았어. 그럼 나도 같이 가."

설란의 말에 루하가 눈살을 찌푸렸다.

"너도 같이 간다고? 왜? 그 정도 알아보는 건 나 혼자서도 충분해. 거리도 멀고."

"이건 대강 살펴서 될 일이 아냐. 정확하게 사태 파악을 해야 하는 일이라고. 그러자면 나도 내 눈으로 직접 확인해 볼 필요가 있어."

설란의 목소리는 단호했다.

'뭐, 틀린 말은 아니다만…… 근데, 왜 자꾸 쟤는 힐끔거리는 건데?'

연화를 무지 의식하고 있다.

자신이 사천으로 떠나면 귀소 본능으로 인해 자연스럽게 연화도 따라올 테고, 설란은 그게 신경 쓰이는 것이 틀림없었다.

'하긴, 나라도 절세의 꽃미남 강시랑 애랑 둘이서만 어딜 간다고 하면 아주 미치고 돌아가실 지경일 테니까.'

설란의 불안함이 일면 이해도 되고 그런 설란이 귀엽기도 하다. 하지만 그런 한편으로 새삼 경각심도 일어난다.

지금이야 귀엽지만 자신이 한 발만 잘못 내디뎌도, 그래서 이 아슬아슬한 균형이 깨진다면 저 귀여움은 그 즉시 공포로 변할 것이다.

루하는 어제 양윤의 처 이씨 부인에게 들었던 말을 떠올렸다.

'오지랖인 줄은 알지만 그래도 노파심에서 한 말씀 올릴게요. 영웅이라면 당연히 삼처사첩이 흉은 아니에요. 우리 집 양반이야 첩질할 주제도 못 되지만 국주님 같은 분이라면 백 명의 첩도 능히 품을 그릇이 되죠. 하지만 그릇이 크다고 해서 가정의 평화가 지켜지는 건 아니에요. 가정의 평화를 지키는 데 필요한 건 그릇이 아니라 요령이거든요. 그렇다고 그렇게 거창한 건 아니에요. 그냥 국주님은 하나만 명심하시면 돼요. 골고루 공평하게 애정을 나눠 주겠다는 건 정말 멍청한 짓이라는 것. 떡만 해도 남의 떡이 더 커 보이는 게 사람 심리인데 정인의 마음이라면 오죽하겠어요? 국주님이 아무리 공평하게 마음을 주려 해도 그걸 받는 여자는 늘 부족하고 아쉬워하기 마련인 거예요. 그래서 질투가 생기고 불화가 생기는 거죠. 그러니까 주모님을 더욱더 아껴 주세요. 아니, 아예 하늘님처럼 섬기고 받드세요. 주모님의 말씀을 부처님의 말씀처럼 믿고 따르고 경청하세요. 본처의 권위만 바로 서면 첩이 백 명이든 천 명이든 그

가정은 평화로울 수가 있는 거랍니다. 호호호호.'

이 역시 오해에서 비롯된, 그녀의 말대로 괜한 오지랖이고 쓸데없는 노파심이었다. 하지만 지금 이 순간 루하에겐 그 말이야말로 부처님의 말씀 같았다.

그냥 믿고 따라야 할, 어두운 미로 속에 밝혀진 한 줄기 진리의 등불 같은.

'그래. 까짓 부처님 말씀처럼 따르고 하늘님처럼 섬기지, 뭐.'

거창하게 가정의 평화까지 갈 것도 없이 그저 이번 여정 길, 일신상의 안위를 위해서라도 말이다.

*　　　*　　　*

"왜 마차가 아니고 말이야?"

사천으로의 여정을 위해 쟁천표국의 문을 나서던 설란이 그들 앞에 세워진 세 마리의 말을 보며 의아히 물었다.

사천의 구룡은 지금까지 루하와 함께했던 여정 중에서 가장 먼 길이었다. 서둘러 조사를 해야 하는 일이긴 했지만 그렇다고 화급을 다투는 일은 아닌데, 편한 마차를 두고 그 먼 길을 말을 타고 가자는 것이 잘 이해가 되지 않았다.

그 같은 설란의 의문에 루하가 어깨를 으쓱했다.

"그냥…… 봄이니까. 바람도 좋고 햇볕도 좋고, 마차에만 틀어박혀 있긴 너무 아까운 계절이잖아?"

"몸이 고단해서 그런 걸 감상할 여유나 있겠니?"

"그럼 최대한 천천히 가지, 뭐. 몸이 덜 고단하게."

그렇게까지 하면서 굳이 말을 타고 가야 하는지 더 이해가 안 되는 설란이다.

하지만 루하에겐 마차를 타고 가면 안 되는 루하만의 말못 할 고충이 있었다.

우선 연화에 대한 경계심이 아직 남아 있다. 어쨌거나 강시가 아닌가? 언제 무슨 짓을 할지 모른다. 게다가 설란은 설란대로 눈치를 봐야 한다. 부처님의 말씀처럼 따르고 하늘님처럼 섬기라 하지 않았던가.

그렇게 그 먼 길 두 여자의 등살에 시달릴 걸 생각하면 벌써부터 숨이 턱 막힐 지경인데 하물며 마차 안이라면 오죽하겠는가. 정말이지 눈앞이 다 깜깜했다. 그래서 봄날의 바람과 햇볕을 핑계로 말에 오른 것이었는데, 참 얄궂게도 그렇게 사천으로 출발한 지 사흘 만에 우희산(優戱山) 한중턱에서 폭우를 만났다.

산은 깊고 날은 어둡다.

비를 피할 만한 마땅한 인가를 찾기도 여의치 않아 난감해하는 그때, 마침 어디선가 사람들의 말소리가 들렸다.

그 즉시 말소리를 따라가 보니 어느 낡고 허름한 폐가가 나타났다.

"표행단 같은데?"

폐가 밖에 길게 늘어서 있는 짐수레도 그렇고, 폐가 안에서 북적대는 사람들의 행색도 그렇고 표행단이 분명했다. 자신들과 마찬가지로 표행 중에 폭우를 만나 잠시 저 폐가에서 비를 피하고 있는 모양이었다.

그런데 이상하게도 표국의 표기가 낯설었다.

적어도 산서성에 있는 표국은 훤히 다 꿰고 있었다. 당연히 어느 표국이 어떤 표기를 사용하는지도 다 안다. 그런데도 저 표기가 낯설다는 것은 두 가지였다.

신생 표국이거나 다른 성에서 넘어온 이성 이상의 표국이라는 것.

어느 쪽이든 세상 참 좋아졌다. 거의 모든 표국이 강시로 인해 고사 직전에 놓여 있었다. 쟁천표국의 꼬리 표행단이나 신표련을 통하지 않고는 아예 표행 자체가 이루어지지 않고 있는 상황에서 저렇듯 단독으로 표행단을 꾸렸다는 것 자체가 세상이 변하고 있다는 뜻이었다. 비단 저들만이 아니다. 상당수의 강시가 사라지면서 기지개를 켜듯, 그렇게 대륙 곳곳에서 표국들이 활동을 재개하고 있었다.

이야기로만 듣던 그러한 변화를 직접 이렇게 눈으로 확

인하고 보니 반가웠다.

루하는 주저 않고 폐가 안으로 들어갔다.

"이거 선객이 계시는데 실례가 되는 거나 아닌지 모르겠습니다만, 같이 비 좀 피할 수 있겠습니까?"

루하 일행의 등장에 처음엔 어리둥절해하던 사람들이다. 하지만 그것도 잠시,

"어차피 주인 없는 폐가인데 실례랄 게 뭐 있겠소? 행색을 보아하니 비를 많이 맞은 듯한테 어서 이리로 와서 몸들 녹이시오."

모닥불 가까운 위치에 흔쾌히 자리를 만들어 주며 루하 일행을 반긴다.

그들이 내준 자리로 엉덩이를 비비고 앉으며 슬쩍 표행단을 둘러보는데, 좀 특이했다. 아무리 잠시 비를 피하는 자리라지만 표사들과 쟁자수들이 별다른 구분 없이 뒤섞여 있었다.

새삼 더 궁금해져서 물었다.

"근데, 어느 표국 분들이십니까?"

"우리는 중양(中陽) 창천표국의 표행단입니다."

옆에 있는 젊은 표사의 말에 맞은편에 있던 사십 대 중반의 사내가 루하에게 포권을 취해 보였다.

"창천표국의 국주 홍우겸(洪雨兼)이오."

"아, 저는 하곡(河曲)의 정가라 합니다."

갑작스러운 통성명에 루하가 그렇게 얼버무리자 젊은 표사가 슬쩍 그들과 섞여 있는, 열다섯 남짓한 어린 쟁자수 하나를 가리켰다.

"저분은 저희 표국의 소국주님이십니다."

"홍연(洪延)입니다."

홍연의 인사를 받으며 루하가 얼떨떨하게 물었다.

"소국주님이 왜 쟁자수 같은 걸……?"

"쟁자수가 뭐 어때서요?"

왠지 발끈하는 홍연이다.

"쟁천표국의 삼절표랑께서도 쟁자수 출신이시고 아직도 스스로 쟁자수임을 자처하기까지 하시는데, 대체 제가 쟁자수를 하는 것이 뭐가 어떻단 말입니까?"

발끈하는 것도 난데없고 여기서 자신의 이름이 나온 것도 생뚱맞다. 그렇게 루하가 어리둥절해하는데 홍우겸이 홍연을 말렸다.

"그만하거라. 처음 뵙는 분께 그 무슨 무례란 말이냐."

그렇게 자신의 아들을 엄히 꾸짖고는 루하를 본다.

"너무 괘념치 마시오. 그저 이 아이가 삼절표랑을 너무 존경해서 그런 것이니. 오죽하면 삼절표랑을 따라 후계 수업을 쟁자수부터 시작하겠다고 했겠소? 허허."

딱히 기분 나쁠 거야 없었다.

오히려 자신을 그렇게까지 존경한다니 새삼 호감이 생기기도 했다.

어쨌거나 그렇게 그들과 어울려 이런저런 이야기를 나누는 중에 알게 된 것은, 그들이 다른 성에서 온 이성 이상의 표국이 아니라 문을 연 지 이제 겨우 여섯 달밖에 되지 않은 신생 표국이라는 것과 표국주 홍우겸이 호남의 오성 표국인 창응표국(蒼鷹鏢局)에서 표두까지 지낸 바 있는 꽤 관록 있는 표사 출신이라는 것이었다.

아무래도 신생이다 보니 풋풋한 느낌이라고나 할까?

홍연의 영향인지 표사들과 쟁자수 간에 격의 없이 대화를 주고받는 모습들도 꽤나 신선했다. 그래서 금방 친해져서 그 역시 격의 없이 그들과 어울리는데, 문득 홍우겸이 설란과 연화를 보며 말했다.

"너무 그렇게 경계할 것 없소이다. 무림에서의 남녀유별이야 사가의 그것과는 엄연히 다른 것이니. 그냥 여기서 비를 피하는 동안만이라도 편히들 있으시지요."

아닌 게 아니라, 그들은 이곳에 들어온 이후로 줄곧 깊이 눌러쓴 죽립을 벗지 않고 있었다. 특히 설란의 죽립은 그 아래로 길게 내려뜨린 면사에서 아직도 물기가 뚝뚝 떨어지고 있었다.

설란과 연화가 루하를 본다.

선뜻 결정을 못 하고 잠시 곤란한 표정을 짓는 루하다.

두 여인이 죽립을 벗었을 때 일어날 상황들이 너무 뻔했기 때문이다. 하지만 홍우겸은 어쨌거나 이 자리의 주인이었다. 그리고 자신들은 어디까지나 손님이었다. 여기서 그의 말을 무시하면 이 비가 그칠 때까지 자신들이 앉은 그 자리가 꽤나 불편해질 수도 있었다.

할 수 없이 루하가 고개를 끄덕였고 그리해 두 여인이 죽립을 벗었다.

이어지는 놀람과 숨 막힐 듯한 정적이야 말할 것도 없다. 젊은 표사들은 물론이고 나이 든 쟁자수들, 심지어 표국주 홍우겸마저도 입을 떡 벌린 채 두 절세의 미녀들을 멍하니 보고 있다.

평생 처음 보는 미녀들이다.

죽립 사이로 스며든 물기로 인해 촉촉이 젖은 머릿결이 삼단처럼 흘러내리는 그 자태는 모두를 얼어붙게 하기에 충분했다.

"아……!"

숨도 쉴 수 없을 만큼 충격과도 같은 정적 속에서 누군가가 한마디 짧은 감탄사를 터트리고서야 다들 멈춘 숨을 몰아쉰다.

이어지는 수군거림과 새삼 터져 나오는 감탄성들.

그나마 그 자리의 가장 높은 인사답게 가장 먼저 정신을 수습한 홍우겸이 어색한 웃음을 흘렸다.

"허허…… 두 분 소저께서 이렇게 아름다운 분들이실 줄은 미처 몰랐소이다. 이거 내가 괜한 말을 한 것이 아닌가 모르겠군요. 지극히 집중하고 경계해도 모자라는 것이 표행길인데, 두 분 소저 때문에 저희 표사들의 마음이 내내 심란할 것이니 말입니다."

태연한 척 않는 소리를 하지만 그 눈은 여전히 설란과 연화에게서 떨어질 줄 몰랐다. 상기된 표정에 목소리 또한 적잖이 격앙되어 있다. 홍우겸이 그러니 다른 이들이야 오죽할까. 특히 그의 아들 홍염은 벼락이라도 맞은 듯한 표정이었다.

'그래. 한창 사춘기 팔팔한 영혼이 감당하기엔 너무 가혹한 미모이긴 하지.'

어쨌든 기분은 좋다.

연화는 딱히 자랑의 대상이 아닌데도 두 여인을 보는 그들의 시선에 우쭐한 마음이 든다. 서시(西施)와 정단(鄭旦)을 옆에 끼고 산천 유람하는 오왕(吳王) 부차(夫差)라도 된 기분이다.

당연히 루하를 보는 눈빛들도 달라졌다.

처음에는 그저 행색만 보고 행세깨나 하는 집안의 자제라고 생각했다. 하지만 말을 섞고 보니 자신들과 크게 다를 바 없는 말투나 행동거지를 보여서 그냥 어느 졸부댁 도련님 정도인 줄만 알았는데, 그가 양옆에 끼고 있는 미녀들은 얼핏 보기에도 돈 좀 있다고 데리고 다닐 수 있는 수준의 여인들이 아니었다.

다들 새삼스러운 눈으로 루하를 살핀다.

'하곡의 정가라 했는데……'

하지만 떠오르는 것이 전혀 없다.

하곡에는 딱히 이름이 알려진 문파도 없고 고수도 없다. 그렇다고 어느 지체 높은 양갓집 도련님도 아닌 것 같다. 쟁천표국이 북서 방향으로 이전을 했다는 것이야 세상에 모르는 사람들이 없지만, 이런 곳에서 그 이름을 떠올리기에 삼절표랑은 그들에겐 너무 크고 막연한 존재였다.

설마하니 이런 곳에서 천하제일인을 만난 것이라고 그들이 어찌 상상이나 할 수 있겠는가 말이다.

그렇게 더러는 호기심으로, 더러는 부러움으로 모두가 루하를 보는데 유독 단 한 명, 홍연만은 다른 눈으로 루하를 보고 있었다.

'그래 봤자 잘난 부모덕에 호의호식하는 한심한 작자겠지. 그런 작자를 따라다니는 걸로 보면 저 여자들도 뭐 다

알 만한 거고. 얼굴만 예뻤지 머리는 텅텅 비었을걸?'

아직 열다섯 사춘기 소년에게는 그저 세상이 삐딱하게만 보이는 것이다.

그런 홍연의 마음이야 어떻든 다들 루하를 추켜세우기에 바쁘다.

"하하. 모름지기 영웅의 척도는 결국 미녀가 아니겠습니까? 그런 면에서 정 소협은 제가 만난 젊은 협객들 중 최고의 영웅입니다."

"그야 이르다 뿐이겠습니까? 두 분 소저만 해도 능히 무림일화에 비견될 수 있을 정도이니 그런 면에서는 삼절표랑도 정 소협 앞에서는 한 수 접어 두어야 할 것입니다. 하하하하."

이젠 하다 하다 삼절표랑까지 가져다 붙인다.

그것이 홍연을 제대로 열 받게 만들었다.

"어디서 이딴 기생오라비 같은 자를 감히 삼절표랑에게 갖다 대요! 게다가 무림일화에 비견되다니? 그 무슨 개풀 뜯어먹는 소리예요? 이런 저급한 여자들에 비하면 천하일색 무림일화는 급이 다르다고요, 급이!"

졸지에 기생오라비에 저급한 여자들 된 세 남녀는 황당해하며 홍연을 바라보았고, 창천표국의 사람들은 당혹감에 빠져 어찌할 바를 모르고 있었다. 특히 홍우겸의 당혹감이 가장 컸다.

"연아! 배운 데 없이 그 무슨 말버릇이냐!"

홍연을 나무라는 한편으로 루하 일행에게 다급히 사과를 한다.

"정 소협, 그리고 두 분 소저. 제가 자식을 잘 가르치지 못해서 그런 것이니 너그러이 이해해 주시구려. 말씀드렸다시피 저 아이가 삼절표랑에 대해서만큼은 워낙에 존경심이 깊다 보니 어린 마음에 잠깐 감정 조절을 못 한 것뿐입니다. 제가 세 분을 대신해서 추후에 따끔히 혼을 낼 터이니……."

홍우겸의 말에 루하가 손사래를 쳤다.

"아닙니다. 아니에요. 한 사람한테서 욕과 칭송을 동시에 들으니까 나름대로 신선하고 좋은데요 뭐."

"예?"

"하하. 뭐, 그렇다는 말씀입니다. 아무튼 저희는 괜찮으니 너무 마음 쓰지 마십시오. 아직 어리니 그럴 수도 있죠. 저도 저 나이 때는 세상이 다 적(敵)같이 보였거든요."

루하의 그 같은 비호가 더 자존심 상했나 보다.

그야말로 살기등등한 눈빛으로 루하를 노려보던 홍연이 분에 못 이긴 듯 구석으로 가서 휙 돌아누워 버린다. 그런 홍연을 보며 설란이 풋 실소를 흘린다.

"쟤…… 널 좀 닮았어."

"그래?"

"응. 눈빛도 그렇고 말투도 그렇고 매사 삐딱한 것도 그렇고, 너 처음 만났을 때랑 아주 판에 박았어."

그래서 그런가 보다. 저런 싸가지 없는 태도마저도 마냥 귀엽게만 보인다.

＊　　　＊　　　＊

루하는 눈을 떴다.

밖을 보니 아직 날은 어둡다.

비도 오고 있다. 하지만 아까보다는 빗줄기가 많이 약해져 있었다. 아마도 그래서 깼나 보다. 모든 소리를 집어삼킬 만큼 틈새 없이 쏟아지는 빗소리가 오히려 고요하게마저 느껴지던 것에 반해, 지금은 옆에서 자는 표사들의 코고는 소리도 들리고 바람 소리도 들린다. 거기다 그 바람 소리 속에는 지금 이 시간, 이 장소와는 조금 안 어울리는 소리도 끼어 있었다.

몸을 일으켰다.

그러다 흠칫했다. 어떤 시선 때문이었다. 그의 머리맡에서 하염없이 그를 보고 있는, 낯익지만 여전히 적응 안 되는 시선…… 연화였다.

어디를 가든, 무엇을 하든 항상 그를 따라온다.

'얘는 잠도 없나?'

하긴, 혈마동에서 이백 년 동안 질릴 만큼 잤을 테니 앞으로 백 년은 끄떡없을지도 모르겠다.

연화의 시선은 무시하고 원래 목적한 대로 바람 소리 속에 섞여 들리는, 어울리지 않는 소리를 쫓아 폐가를 나왔다.

폐가의 뒤편이었다.

"회두망월(回頭望月)!"

몸을 웅크리며 비스듬히 틀어 후방을 경계하고,

"한망충소(寒芒沖宵)!"

떨치듯 일어서서 검을 후방으로 내지른다.

"이산도해(移山倒海)!"

허리를 떨구며 검을 연환하여 위에서 아래로 내리치고 왼쪽 손의 검결지를 오른손의 안쪽에 대어 내기를 모은다.

지금 루하의 눈앞에서 펼쳐지고 있는 것은 루하도 잘 아는 삼재검이었다. 그리고 빗속에서 삼재검을 펼치고 있는 것은 창천표국의 소국주 홍연이었다.

처음에는 이 빗속에서 대체 뭐하는 짓인가 싶었다. 하지만 자신이 온 것조차 모를 정도로 집중을 하고 있는 모습에 왠지 방해하면 안 될 것 같아서 가만히 지켜만 보는데, 그렇게 보고 있자니 저도 모르게 빠져 들어서 때로는 고개를 끄덕이기도 하고 때로는 눈살을 찌푸리며 혀를 차기도 했다.

그러다 결국 큰 소리를 내고 말았다.

"그게 아니지! 거기서는 삼 푼의 힘을 더 실었어야지!"

아무리 상승의 무공을 많이 접한 그였지만 그래도 뿌리인 삼재검 서른두 개 초식만큼은 하루도 거른 적이 없었다. 그런 만큼 삼재검에 관해서는 이제 천하에서 둘째가라면 서러워할 만큼 잘 안다 자부하고 있었다.

그런 그의 눈에 홍연의 삼재검은 너무 부족했다. 그래서 아쉬움과 안타까움에 저도 모르게 그렇게 탄성을 질러 버린 것인데, 그것이 결국 본의 아니게 홍연의 수련을 방해하고 말았다.

쉬지 않고 움직이던 홍연의 검이 그 순간 뚝 멈춘 것이다.

그제야 루하의 존재를 눈치챈 홍연이 미간을 찡그리며 루하를 본다.

"거기서 뭐해요?"

따지듯 여전히 곱지 않은 말투로 묻는다.

루하가 퉁명스럽게 대꾸했다.

"그러는 너는 여기서 뭐하냐? 내가 달밤에 체조한다는

말은 들어봤어도 빗속에서 체조한다는 소리는 들어본 적이 없는데?"

"체……조라구요?"

"아니면? 설마 방금 그걸 무공 수련이라고 한 건 아닐 거 아냐?"

"당신 같은 샌님이 감히 뭘 안다고!"

"니가 방금 펼치던 게 삼재검이란 것 정도는 알고 있지. 대체 표국의 소국주쯤 되는 분께서 고작 삼재검 따윌 왜 익히고 있는 건지……."

"고작 삼재검 따위라니! 아무리 무식해도 그렇지, 당신은 삼절표랑의 성명절기가 삼재검인 것도 모른단 말입니까?"

발끈하는 것이 놀리는 재미가 제법이라 그렇게 홍연을 자극하던 루하가 순간 또다시 생뚱맞게 등장한 자신의 이름에 황당해하며 물었다.

"내, 아니, 삼절표랑의 성명절기가 삼재검이라고? 대체 누가 그래?"

"누가 그러긴 누가 그럽니까? 이미 세상이 다 아는 사실인데?"

이 무슨 말도 안 되는 소리란 말인가?

가장 처음 익힌 무공이 삼재검이라고는 하나 그에게는

파운삼십육권을 비롯해서 삼재검과는 비교도 안 되는 무공이 잔뜩 있었다. 오히려 성명절기라 할 만한 것은 삼재검이 아니라 단혼팔문도였다. 단혼팔문도로 잔혹도마를 죽였고 폭주 강시도 잡았으니까. 삼재검을 선보인 것은 고작해야 홍염마수 이우경을 상대했을 때뿐이었다.

"누가 어디서 그런 소문을 낸 건지는 모르겠지만 뭘 몰라도 한참을 모르는 거지. 삼절표랑이 삼재검과는 비교도 안 되게 고강한 무공을 얼마나 많이 알고 있는데, 천하제일인의 성명절기가 고작 삼재검이라는 게 어디 말이나 돼?"

"뭘 모르는 건 바로 당신이죠! 사람은 삼류가 있어도 무공에는 삼류가 없다. 삼류 무공이라도 그것을 익히는 사람에 따라 이류도 되고 일류도 된다. 그러니 적어도 내게 삼재검은 능히 일류라 부를 만하다."

"……?"

"삼절표랑께서 직접 그렇게 말씀을 하셨는데 삼재검이 성명절기가 아니면 대체 어떤 것이 성명절기란 말입니까?"

이건 또 무슨 소린가?

"방금 그 말을 내가, 아니, 삼절표랑이 했다고?"

"설마…… 당신은 삼절표랑의 어록집도 모른단 말입니까?"

"어록집?"

"높은 자는 항시 낮은 곳을 살펴 경계해야 스스로를 잃지 않는다. 그래서 나는 쟁자수가 되었다. 사내가 가장 사내다울 때는 불리한 역경을 피하지 않을 때이다. 나는 불리한 역경을 마다하지 않았다. 그래서 지금의 내가 있다. 삼절표랑이 남긴 이 주옥같은 어록들을 정녕 모른단 말입니까?"

당연히 모른다. 그런 주옥같은 어록 따위 내뱉은 적이 없으니까.

아마도 호사가들이 아무렇게나 만들어 낸 말일 것이다.

사람들의 귀를 즐겁게 해주기 위해서, 있는 얘기 없는 얘기 막 지어내서. 그래야 돈벌이가 되니까.

대개의 영웅 전설이란 그렇게 만들어지는 것이다. 그리고 그런 근거 없는 전설들이 이런 순진한 희생자들을 만드는 것이고.

"뭐, 그래. 그건 그렇다 쳐. 근데, 아무리 삼절표랑을 존경한다고 해도 무공까지 따라할 필요는 없잖아? 설마 무공을 따라한다고 삼절표랑처럼 될 수 있을 거라고 생각하는 건 아니겠지? 그렇다면 완전 착각도 유분수인 거지. 삼재검이 삼절표랑한테나 능히 일류인 거지, 너한테는 아니라고. 삼재검을 익힌다고 삼절표랑처럼 될 수 있으면 세상 사람들 죄다 천하제일인이게? 세상에는 어찌할 수 없는 재능의 차이란 게 있단 말이지."

"나도 알고 있어요! 그런 것도 모를 만큼 철부지 어린애 아닙니다!"

"그럼?"

"그냥…… 감히 그분처럼 되고 싶은 게 아니라 그저 그분처럼 하고 싶은 것뿐입니다."

지금까지 발끈하던 것과는 달리, 홍연은 지금 그 말을 하는 이 순간만큼은 처연하다 싶을 정도를 진지했다.

이 정도면 존경 정도가 아니라 맹신이고 맹종이다.

'호사가들이 아주 애를 버려 놨군.'

그래도 그 맹신과 맹종이 자신을 향한 것이니 역시 기분은 썩 나쁘지 않았다. 아니, 무척이나 기분 좋다.

'좋아! 오늘 내가 이 불쌍한 영혼을 위해서 인심 한 번 크게 써 주지!'

그렇게 결심한 루하가 홍연을 보며 제법 근엄하게 말했다.

"자! 자세를 잡아 봐."

"……?"

"내가 삼재검을 봐줄 테니까 자세를 한번 취해 보라고. 일단 기수식인 선인지로부터."

루하의 말에 홍연이 어처구니가 없다는 듯 콧방귀를 꼈다.

"됐거든요?"

"그러지 말고 자세를 잡아 보라니까. 내가 이래 봬도 삼재검에 관해서만큼은 천하에서 따를 자가 없는 사람이라고."

루하의 말을 아주 귓등으로도 안 듣는다. 그러기는커녕 오히려 들고 있던 검을 검집에 집어넣고는 홱 몸을 돌린다.

"어어…… 왜? 어딜 가?"

"비 그쳤잖아요. 날도 밝았고. 출발 채비를 해야죠."

그러고 보니 어느새 비가 그쳤다. 날도 서서히 밝아 오고 있다.

"그래서 그냥 가게?"

"그냥 안 가면요?"

"삼재검은 천하에서 날 따를 자가 없다니까?"

"예, 예. 그렇다고 해 두죠."

"그렇다고 해 두는 게 아니라 진짜 그렇다니까?"

"아, 글쎄, 알았다고요. 바쁜데 귀찮게 좀 하지 마요. 오늘 내로 산을 넘으려면 일찍 출발해야 한다고요."

"진짜 후회할 텐데? 아무나 가질 수 있는 기회가 아닌데? 평생 다시는 못 얻을 기연일지도 모르는데? 나중에 아주 땅을 치고 후회해도 난 모른다?"

아닌 게 아니라, 홍연에겐 정말로 다시없는 기연이었다.

이 기연을 얻는다면 그의 삼재검은 정말로 일류가 될 수도 있었다. 하지만 홍연은 그런 것도 모른 채, 그저 실없는 사람의 재수 없는 농지거리 정도로 생각하고는 아주 들은 체 만 체다. 지금 자신에게 온 기회가 얼마나 크고 대단한 것인지도 모르고 이젠 아예 뒤도 돌아보지 않고 폐가 안으로 들어가 버린다.

"이거 참……."

정말 크게 마음먹고 호의를 베풀려고 했건만 이렇게까지 매몰차게 거절을 당할 줄이야 어찌 알았겠는가.

서운하진 않았다.

그저 조금 어이없을 뿐. 그리고 조금 뻘쭘할 뿐.

그렇다고 자신이 그 유명한 삼절표랑이라는 사실까지 밝히며 굳이 억지로 잡아다 가르칠 만큼의 의리가 있는 것도 아니다.

"밝혀 봐야 믿을 것 같지도 않고. 그래 뭐, 자기 복 자기가 걷어차겠다는데……."

뭐 어쩌겠는가. 정승판서도 제 하기 싫으면 그만인 것을.

나중에 땅을 치며 통한의 눈물을 흘린들 자신이 알 바는 아닌 것이다.

그렇게 누군가는 선심을 거절당하고 또 누군가는 다시없을 기연을 놓쳐 버린 그날 아침, 창천표국은 어느덧 맑게

갠 하늘을 보며 표행을 재개했고 루하 일행도 폐가를 나섰다.

창천표국의 목적지는 하진(河津)이었고 루하 일행은 하진을 통해 섬서로 넘어갈 계획이어서 어차피 방향은 같았다. 게다가 좁은 폐가에서 어울리며 밤사이 쌓은 친분도 있어서 자연스럽게 우희산을 넘는 동안 동행을 하기로 했다.

그런데, 그들이 막 우희산에서 가장 골이 깊다는 석천봉(石泉峰)에 이르렀을 때였다. 난데없이 일단의 무리들이 우르르 달려 내려오더니 그들을 포위하듯 에워싸는 것이 아닌가?

"네놈들이 간덩이가 부었구나! 어찌 주인 허락도 없이 우희산을 넘는 것이냐!"

살기등등하게 일갈하며 위협하는 자들은 산적단이었다.

창천표국으로서는 너무 난데없는 일이었다. 그들이 알기로는 우희산에는 녹림도가 없었다. 강시가 나타나기 전에는 박룡채(搏龍寨)라는 산채가 있었지만, 강시가 나타나고 곳곳에서 녹림도들이 화를 당하자 우희산에는 강시가 똬리를 틀지도 않았는데 지레 겁을 먹고 산을 떠났다. 그리고 그 후로는 아예 종적조차 묘연했다.

한데, 주인 없던 우희산에서 그 주인을 자처하는 저들은 대체 누구란 말인가?

'혹시 박룡채가 다시 돌아온 건가?'

구대문파가 힘을 잃고 강시마저 급격히 줄어들면서, 산을 떠났던 녹림도들이 기지개를 켜듯 하나둘 다시 자신들의 자리로 돌아오고 있었다.

혹시 저들도 그런 것일까?

만일 박룡채가 맞는다면 저들이 원하는 것은 무엇일까?

상납금? 아니면 표물?

상납금이라면 상관없지만 표물이라면 큰일이다. 창천표국이 세워지고 이제 겨우 두 번째 표행이다. 여기서 표물을 잃게 된다면 창천표국은 그날로 문을 닫아야 했다.

그러니 그들 입장에서는 죽기로 싸워 표물을 지켜야 한다. 하지만 과연 한때 우희산의 주인이었고 지금도 주인임을 자처하는 저들을, 죽기로 싸운다고 이길 수 있을까? 저들로부터 과연 표물을 지켜낼 수 있을까?

그렇게 이 갑작스러운 상황에 모두가 어찌할 바를 몰라하며 눈앞의 산적단을 보고 있을 때, 루하 또한 표행단의 가장 뒤에서 산적단을 보고 있었다. 그런데 그 눈빛이 조금 이상했다. 당연히 두려움도 불안도 아니다. 그렇다고 가소로움이나 귀찮음도 아니었다.

지금 이 순간 루하의 눈 속에 들어차 있는 것은 어떤 괴이쩍음과 의아함이었다.

뭘까? 이 낯익은 느낌은?

당연히 일면식도 없는 자들이다. 아는 것도 없다.

기껏해야 창천표국의 표사들이 생각하고 있는 것처럼 루하도 그저 원래 이곳에 있던 녹림도가 다시 돌아온 거겠거니, 하는 정도?

그런데 묘한 기분이었다.

산적이 나타났건만 그의 마음에 적의가 일지 않는다. 적의는커녕 친밀감이라 할지 끌림이라 할지, 아까부터 뭔지 모를 동요가 가슴을 휘돈다.

그렇게 루하가 스스로 이해되지 않는 감정에 의아해하는 사이, 창천표국의 국주 홍우겸이 앞으로 나서며 물었다.

"저는 창천표국의 국주 홍우겸이라 하오! 결례가 되지 않는다면 앞에 계신 영웅분들의 존성대명을 여쭈어 봐도 되겠소?"

그러자 두령으로 보이는 자가 그 말을 받았다.

"나는 천왕채(天王寨)의 채주 이신적(李申積)이다!"

그렇게 상대가 스스로를 밝히자 홍우겸이 미간을 찡그렸다.

예상과는 달리 박룡채가 아니다.

'천왕채라고?'

처음 들어보는 이름이다. 이신적이란 이름도 생소하긴

마찬가지다. 그러고 보니 눈빛이며 자세며, 한 산의 패주를 자처하기엔 어딘지 어설프다.

'호랑이 없는 틈에 끼어든 여우였던 건가?'

그렇다면 안심이다. 비록 창천표국이 신생이지만, 그래서 표사들이 실력이나 경험 면에서 많이 부족하지만, 같이 온 네 명의 표두들은 그와 함께 호남 일대에서 이름깨나 알려진 고수였다. 호랑이라면 모를까 여우 정도를 겁낼 만큼 허접하지 않았다.

상대가 박룡채가 아닌 것을 알고 나니 한결 마음에 여유가 생긴다. 제대로 시작도 해 보기 전에 이대로 창천표국의 문을 닫아야 하는 거나 아닌지, 잔뜩 졸였던 가슴도 곧게 폈다.

"한데, 천왕채의 영웅들께서 저희 표국의 표행단에는 무슨 볼일이시오?"

"무슨 볼일이나 마나, 우희산을 넘으려면 그 주인의 허락부터 받아야 하는 것이 아니냐! 어찌 주인 허락도 없이 감히 우희산을 넘는 것이냐!"

"저희가 아직 신생 표국이라 귀가 어두워 이곳에 새 주인이 생겼다는 소식을 미처 듣지 못했습니다. 하지만 예의만큼은 충분히 알고 있으니 이번 표행이 끝나는 대로 다시 찾아뵙고 인사를 드리겠습니다."

"인사라는 게 그…… 통행세를 주겠다는 것이냐?"

"예."

"얼마?"

"예?"

"그러니까 통행세를 얼마를 주겠다는 거냐고!"

"그야 통상의 상례대로……."

"그러니까 그게 얼만데?"

들뜬 얼굴로 눈까지 반짝이며 그렇게 묻는 이신적의 태도에 홍우겸은 문득 이상함을 느꼈다.

굳이 패주가 아니더라도 산에서 좀 굴러먹은 산채들이라면 대강의 통행세는 얼추 다 꿰고 있기 마련이었다. 그런데 두령이고 수하들이고 할 것 없이 저 호기심 가득한 눈빛들은 대체 무엇이며, 저 들뜬 얼굴들은 또 뭐란 말인가?

새삼스러운 눈으로 천왕채의 도적들을 살피던 홍우겸이 결론을 내렸다.

'이자들…… 초짜들이로군!'

패주라 하기엔 조금 어설프다고만 생각했는데, 다시 보니 우락부락한 인상에 행색들만 그럴듯하지 산에서 칼 밥 먹은 자들에게서 느껴지는 특유의 흉험한 살기가 없다. 그냥 뒷골목이나 주름잡던 무뢰배들 정도로밖에는 보이지 않았다.

모르긴 몰라도 산적질은 이번이 처음일 것이다. 상당수의 산적들이 강시를 피해 뒷골목으로 흘러들어간 통에 뒷골목에서조차 떠밀려 주인 없는 산에 겁 없이 굴러들어온 것일 듯싶다. 그러고 보면 제대로 무공을 배워 본 적도 없는지 검을 쥔 손조차 어설프다.

'허, 이건 호랑이 없는 틈에 왕 노릇 하는 여우가 아니라, 호랑이 없는 굴에 기어들어 온 토끼가 아닌가?'

그렇게 결론을 내린 순간 생각이 많아졌다.

저들이 호랑이 없는 틈에 왕 노릇 하는 여우라면 그냥 통행세를 내면 그만이었다. 아직 자리도 제대로 잡지 못한 신생 표국인 만큼, 호랑이 정도는 아니지만 여우도 충분히 위협이 될뿐더러, 언제고 우희산에는 진짜 주인이 나타날 테고 그때는 어차피 통행세를 내야 하는 만큼 조금 일찍 그 통행세를 내는 거라 생각하면 그뿐이다.

하지만 그것이 여우가 아니라 토끼라면 이야기가 달라진다.

고작 토끼한테, 산적 흉내나 내는 양아치들한테까지 통행세를 갖다 바친다면 창천표국의 위신에 치명타가 될 수도 있었다.

이런 양아치들에게까지 돈을 바치는 표국이란 것이 세상에 알려지면 세상의 온갖 양아치들이 다 창천표국을 호구로 보고 덤벼들 테니까 말이다.

'힘으로 길을 열어야 하나?'

상대는 파지법조차 어설픈 자들인데도 이상하게 긴장감이 풀어지지 않는다. 오랫동안 칼 밥 먹으며 갈고닦은 본능이 자꾸만 위험신호를 보내온다. 그 위험신호가 그를 망설이게 하고 있었다.

그러나 그것도 잠깐이다.

피할 수 있는 싸움은 피한다. 피할 수 없는 싸움도 피한다.

표국을 이끄는 자가 최우선해야 하는 덕목 중 하나다. 하지만 그럼에도 싸워야만 할 때가 있다. 그리고 그럼에도 싸워야 할 때 싸우지 못하는 표국은 신뢰를 잃는다.

그가 판단하기에 지금은 바로 싸워야 할 때였다.

망설임을 지웠다. 그리해,

"통상의 상례가 얼마인지 묻지 않느냐!"

이신적이 조급히 물어오는 말에 단호히 대답했다.

"동전 일 문!"

"……?"

전혀 생각지 못한 대답에 천왕채뿐만 아니라 창천표국의 표사들마저 어리둥절한 얼굴을 한다.

"지금 뭐라 했느냐? 뭐? 동전 일 문?"

자신이 잘못 들은 것이 아닌가 귀를 의심하며 재차 묻는 이신적에게 홍우겸은 더욱더 단단해진 목소리로 말했다.

"선금으로 동전 일 문! 나머지는 먼저 자격부터 증명하거라!"

그제야 홍우겸의 저의를 깨달은 이신적이 사납게 버럭했다.

"네놈이 정녕 죽고 싶어……."

하지만 그의 말은 곧바로 터진 홍우겸의 일갈에 묻혀 버렸다.

"표사들은 듣거라! 오늘 이 자리에서 창천표국의 칼로 새 길을 열 것이다! 그리해 창천표국의 이름을 세상에 널리 알릴 것이다! 단 한 명도 살려두지 마라!"

이미 홍우겸의 생각을 간파하고 있던 노련한 표두들이 그 즉시 표사들을 독려했고, 우희산 석천봉은 삽시간에 전쟁터로 바뀌었다.

물론 선봉은 홍우겸이다. 협상이 아닌 전쟁을 선포한 순간 이미 그는 이신적을 향해 몸을 날리고 있었다.

길어지면 피해만 늘 뿐이다. 서둘러서 끝내야 한다. 그러자면 최대한 신속하게 이신적의 목을 따야 했다.

그리해 이신적을 향해 떨쳐 내는 검에 일격 필살의 기세를 담았다.

워낙에 빠르고 기습적인 공격이었다. 상황이 이렇게 급변할 줄은 생각 못 했던 이신적은 순간 당황해서 주춤 뒤로 물러섰다. 하지만 그 찰나간의 주춤함이 홍우겸에겐 절호의 기회였다. 이신적이 주춤한 틈에 이미 그의 검이 이신적의 목에 이르러 있었던 것이다.

그 순간 홍우겸의 눈에는 회심의 빛이 어렸다.

역시 제대로 무공을 배운 자가 아니다. 한 자루 칼에 의지해 생사를 넘나든 경험도 없다. 왜 이런 자에게 위험을 느꼈는지는 모르지만, 어쩌면 뭔가 숨겨 둔 비장의 한 수가 있을지도 모르겠지만 어쨌든 이걸로 끝이다.

하지만, 그렇게 승리를 확신한 순간이었다. 홍우겸의 검이 이신적의 목에 닿는 찰나, 부랴부랴 대도를 들어 올리는 이신적이다.

어림없다. 이미 늦었다. 그 간격이라면 목을 세 번은 더 베고도 남는다. 그런데,

까아앙—

이미 목덜미에 닿아 있던 홍우겸의 검이 막혔다.

이신적의 대도가 목을 세 번은 더 베고도 남을 간격을 따라잡아서 홍우겸의 검을 쳐낸 것이다.

'이런 말도 안 되는!'

있을 수 없는 일이었다. 물리적으로도 상식적으로도 말

이 안 된다.

하지만 지금 그에게 벌어진 이 이해할 수 없는 현실을 마냥 부정해 버릴 수도 없다. 이신적의 대도가 거의 공간을 격하다시피하며 그의 검을 쳐내는 것을 두 눈으로 똑똑히 보았으니까. 게다가 부딪친 검 끝에서 전해져 오는 이 거력은 또 뭐란 말인가?

"크윽!"

퉁기듯 네 걸음을 미끄러져 나간 홍우겸이 검으로 땅을 찍어 겨우 신형을 바로 세우는데, 그 틈을 놓치지 않고 이신적이 공격해 왔다.

이신적의 공격은 무공이라 하기에도 뭣한, 정말이지 한심한 수준의 칼질이었다. 법(法)도 없고 예(藝)도 없다. 딱히 투로도 보이지 않는다. 심지어 형(形)조차 제대로 갖춰져 있지 않았다. 그런데도 홍우겸은 마구잡이로 퍼부어지는 공격에 제대로 공격 한 번 하지 못하고 수세에 몰렸다.

이유는 하나였다.

압도적인 내공.

적어도 일 갑자는 될 듯했다. 그 압도적인 내공의 차이가 법도, 예도, 형도 제대로 갖춰져 있지 않은 저 마구잡이식 칼질을 철벽처럼 단단하고 북풍처럼 매섭게 만들고 있었다.

난감한 노릇은 자신만 그런 황당하고 난감한 경험을 하고 있는 것이 아니라는 사실이었다. 지금 천왕채의 도적들과 뒤엉켜서 생사혈투를 벌이고 있는 창천표국의 표사들 모두가 같은 경험을 하고 있었다.

처음에는 초식의 현묘함으로 우위를 점했지만 그것도 잠시, 어찌해 볼 수 없는 내력의 차이 앞에 차츰 형세가 바뀌더니 지금은 홍우겸과 마찬가지로 아예 방어에만 급급한 모습들이었다. 그만큼 천왕채 도적들은 사기충천했고, 전장은 거의 돌이킬 수 없을 만큼 일방적인 형세로 흘러가고 있었다.

그 암담한 상황이 여전히 혼란스럽기만 한 홍우겸이다. 아니, 미치도록 답답했다.

'대체 뭐냔 말이다!'

뒷골목에서 한량들 돈이나 갈취하던 작자들이 분명한데, 칼질 한 번 제대로 해 본 적이 없는 저 양아치들에게 어찌 저런 정순한 내공이 있을 수가 있단 말인가?

홍우겸이 그렇게 혼란스러워하고 있을 때, 루하는 비로소 마음속 동요의 실체를 찾았다.

"저거…… 그거 맞지?"

루하가 확인차 설란에게 물었다.

아니나 다를까, 고개를 끄덕이는 설란이다.

"맞아. 분명 청광편의 효능이야."

홍우겸이야 생사가 오가는 중이라 제대로 살필 겨를이 없었지만 루하는 뒤에서 멀찍이 이신적뿐만 아니라 전쟁터의 모든 싸움을 다 지켜보고 있었다. 그리고 보았다.

천왕채 도적들의 검에서, 혹은 도에서, 또 혹은 주먹에서 뿜어져 나오는 가늘지만 선명한 푸른빛을.

신비롭고 청량한, 그것은 분령 청광편과 똑같은 것이었다.

청광편을 취했다.

그렇게 생각하면 저들의 저 기형적인 내공도 설명이 된다. 다만 한 가지 이해할 수 없는 것은 대체 어디서 저렇게 대량의 청광편을 구했냐는 것이다.

지금 천왕채의 인원수는 정확히 일흔두 명이다.

살펴본 바로는 한 명도 빠짐없이 청광편을 먹었다.

설란이 알아낸 바로는, 붉은 내단 조각이 오 년에서 십 년의 내공을 증진시켜주는 것에 반해 청광편은 그 두 배인 이십 년의 내공을 증진시킨다. 그걸 생각하면 하나, 혹은 둘. 특히 두령 이신적은 최소한 세 개 이상을 취한 것이 틀림없었다.

그렇다면 대강 잡아도 저들이 취한 청광편은 백 개 이상.

수색꾼에 닭수리들까지, 상당한 액수의 돈과 시간을 투자하고도 지난 이 년 동안 찾아낸 것이 고작 서른한 개뿐이었는데 저자들은 대체 어디서 그 많은 청광편을 구한 것일까?

오래 고민하지 않았다.

어렵게 생각할 것도 없다.

답을 아는 자가 일흔두 명이나 있고, 그들을 족치면 원하는 대답이야 얼마든지 들을 수 있을 테니까.

그리해 어차피 남의 집 일, 자신이 관여할 필요는 없다는 생각에 뒤에서 지켜만 보고 있던 루하에게 참전할 이유가 생겼다. 그런 루하의 눈에 가장 먼저 들어온 것은 창천표국의 소국주 홍연이었다.

第八章

이놈 마침 잘 만났다

전투가 시작되고,

"소국주님을 지켜!"

표두 장용(張鏞)의 명에 따라 그 즉시 두 명의 표사가 홍연을 호위했다.

"난 됐어요! 내 한 몸 지킬 힘 정도는 있어요!"

마음 같아서는 그도 전투에 합류하고 싶었다. 한 명의 당당한 표사로서 표물을 지키는 데 도움을 주고 싶었다. 하지만 그가 나설 판이 아니었다. '고작 이름 없는 도적쯤이야'라고 생각했건만, 막상 전투가 시작되고 나니 고작 이름 없는 도적들이 보여 주는 무위는 오히려 창천표국의 표사들을 압도하고 있었다.

한 명이 아쉬운 상황이었다. 자신 때문에 두 명의 표사가 발이 묶여 있게 둘 수는 없는 노릇이었다.

"나는 됐으니까 어서 다른 표사들을 도우세요!"

그러나 그를 호위하는 표사들은 그 말을 따르지 않았다. 따를 수 없었다. 그를 전후로 해서 이미 각기 한 명씩의 산적들을 상대하고 있었던 것이다. 그리고 그것은 더 이상 소국주를 지키기 위한 싸움이 아니었다. 호위가 아니라 호신을 위한, 살기 위한 싸움이었다.

그렇게 급박하게 돌아가는 형세 속에서 홍연은 스스로가 한심해서 견딜 수가 없었다. 표행단이 위급에 처했는데도 명색이 소국주인 자신이 그저 지켜만 볼 수밖에 없다.

무기력하고 나약하다. 실력도 실력이지만 그럴 용기도 나지 않는다.

난생처음 겪어 보는 첫 실전인 때문이었다.

머릿속으로 늘 이런 날을 상상해 왔고, 그래서 그에 대비해 철저히 준비하고 수련도 했다.

하지만 막상 맞닥뜨린 실전 전투는 머리로 상상했던 것과는 차원이 달랐다. 그저 보고만 있는데도 심장은 미치도록 쿵쾅거리고 두 다리는 주체할 수 없이 떨린다. 검을 쥔 손은 이미 땀으로 축축이 젖어 있다.

그런 자신이 한심해서 견딜 수가 없는데, 생각 같아서는 당장이라도 달려나가고 싶은데, 제 주인의 의지와는 상관없이 두 발은 이미 땅에 못을 박았다. 도저히 발이 떨어지지 않는다.

그때였다.

서걱—

뭔가 섬뜩한 소음이 들리는가 싶은 순간,

"크윽!"

촤아악—

그를 전방에서 호위하던 표사 강유(剛柔)의 입에서 짧은 신음성이 터지는 동시에 그의 어깻죽지에서 피가 뿜어져 나왔다.

그 뿜어져 나온 피가 '투두둑' 홍연의 얼굴을 때렸다.

코끝을 스치는 비릿한 혈향이 채 가시기도 전에,

써걱—

처음보다 둔하지만 묵직한 소리가 마치 천둥처럼 귀를 파고들었다.

그리고 강유의 목이 굴러 떨어졌다.

그야말로 찰나 간에 일어난 일이었다. 그런데도 강유의 목이 떨어지고 이어서 붉고 선명한 피가 흩뿌려지는 광경이 마치 시간이 몇 배는 더디게 흐르는 것처럼 느리게 보였다.

"······."

그 또한 난생처음 보는 죽음이었다.

그런데, 오히려 그렇게 더디게 흐르는 시간 속에서 신기하게도 미친 듯이 널뛰던 심장이 차분해지고 두 다리의 떨림도 가라앉았다.

머리는 차갑고 온몸의 피는 뜨겁다.

그런 홍연의 시야로 강유를 죽이고 이어서 자신을 향해 맹렬하게 덮쳐들고 있는 산적이 들어왔다.

강유를 참혹하게 죽인 자였다. 살벌하고 흉흉한 살기를 내뿜는 얼굴은 사신의 그것과 다르지 않았다.

하지만 무섭지 않다.

조금 전까지는 공포에 짓눌려 발도 제대로 떨어지지 않았건만 그 같은 공포는 온데간데없이 사라지고, 신기하게도 지금 이 순간 그의 가슴속에 들어차는 것은 공포가 아니라 얼음처럼 서늘한 분노였다.

그 서늘한 분노가 잔뜩 움츠려 있던 오감을 열리게 했고 남아 있던 공포의 찌꺼기마저 지워 버렸다. 이윽고,

탁!

달려드는 산적을 향해 주저 없이 발을 굴렸다.

그 사이 지척까지 이른 산적은 이미 칼을 뿌리고 있었다.

강유를 죽인 그 기세 그대로. 홍연을 일도양단해 버릴 듯

이.

그러나 그 절체절명의 순간 홍연은 그대로 엉덩이가 땅에 닿을 듯이 주저앉았다.

슈앙—

그리해 산적의 칼이 날카로운 파공성을 흘리며 아슬아슬하게 그의 머리 위를 스쳐 지나자, 상체를 비틀어 몸을 최대한 낮고 얇게 웅크리며 검을 옆으로 뉘였다. 그리고 그 탄력을 이용해 마치 용수철이 튀어 오르듯 하며 온몸을 만개해 산적의 턱을 노렸다.

삼재검 중 힘과 속도를 극대화시키는 고월침강(古月沈江), 회포옥병(懷抱玉屛), 진량가해(津梁架海)의 수였다.

그만큼 빠르고 강했다. 표사들로부터 호위나 받는 어린 애송이라 생각하며 방심하고 있는 산적을 놀라게 하기에 충분한 일격이었다.

"헉!"

그 얘기치 못한 일격에 헛바람을 들이켜며 다급히 칼을 들어 막는다.

까앙—

막았다. 하지만 온전히 다 막지는 못해서 턱을 파고들던 홍연의 칼에 목을 스쳤다.

"큭!"

화끈한 통증이 등줄기를 서늘하게 했지만 치명상은 아니었다. 죽지 않았다. 살아 있다. 손발도 멀쩡히 움직인다. 그러나 안도도, 분노도, 반격도 할 틈이 없었다.

"삼환투월(三環套月)!"

"맹호희산(猛虎戱山)!"

"풍권잔운(風捲殘雲)!"

"대붕전시(大鵬展翅)!"

홍연이 기회를 놓치지 않고 그야말로 강경 일변도의 공격을 퍼부은 것이다.

홍연은 필사적이었다.

여기서 끝을 내야 한다. 다음이란 없다. 이 한 번의 공격 흐름을 잃게 되면 그걸로 끝이다. 어쨌든 상대는 창천표국 표사들 중 다섯 손가락 안에 드는 실력을 가진 강유의 목을 단칼에 벤 자니까.

주도권을 가진 지금뿐이다. 다른 기회는 없다.

하지만 부족했다. 그 한 번의 기회를 살리기에는 실력의 차가 너무 컸다. 잠시 당황해서 허우적대던 산적은 홍연의 공격이 거듭될수록 오히려 차츰 안정을 찾는다 싶더니 이내 그 압도적인 내공으로,

까아아앙—

홍연을 멀찍이 밀쳐 버린다.

항거할 수 없는 거력에 속절없이 밀려나간 홍연이 뒤틀리는 기혈에 신형마저 바로잡지 못하고 비틀거렸다.

'젠장!'

이를 악물며 검을 들어 올려 보지만 검을 잡은 손에 힘이 실리지 않는다. 그런 그를 보며 산적이 비릿한 살소를 머금었다.

"어린놈 검 끝이 제법 매서웠다마는 이 황가달(黃家達) 어르신께는 어림도 없지. 그래도 잠깐이나마 이 몸을 놀라게 한 재주만큼은 인정해서 내 특별히! 네놈을 아주 갈기갈기 찢어 죽여 주마. 흐흐흐."

한 마디 한 마디 씹어뱉듯 토해내는 황가달의 눈빛에선 단순한 협박이 아니라는 듯 진득한 살기가 배어 나왔다.

하지만 홍연도 지지 않았다.

"흥! 내가 죽더라도 네놈 팔다리 하나씩은 길동무로 삼는다!"

"내 팔다리? 그 알량한 삼재검으로?"

"흥! 고작 네놈 팔다리 하나씩을 거두는 데는 삼재검이면 분에 넘친다!"

"뭐라? 이 어린놈이 검 끝만 매서운 줄 알았더니 주둥이마저 버르장머리가 없구나! 오냐! 그깟 삼재검으로 이 몸의 팔다리를 벨 수 있는지 없는지 어디 한번 해 보거라. 대신

내 팔다리가 무사하다면 오늘 네놈의 세 치 혀부터 잘라 그
버르장머리를 고쳐줄 것이다!"

황가달이 그렇게 말하며 성큼성큼 그를 향해 다가왔다.

그런 황가달을 보자니 새삼 묻어 둔 두려움이 밀려든다.

팔다리를 길동무로 삼겠다 허세를 떨긴 했지만 지금 자
신의 실력으로는 팔다리는커녕 옷깃조차 건드리지 못한다
는 것을 누구보다 잘 알고 있었다.

여기서 죽는다. 겨우 열다섯 나이가 그의 일기(一期)가
될 수도 있다. 언젠가 표사로서 이름을 날려 삼절표랑에게
자신의 이름 석 자를 기억하게 만들겠다는 다부진 포부도
한낱 물거품이 되어 사라져 버린다.

죽음에 대한 본능적인 공포에 더해서 아무것도 이루지
못한 채 죽어야 한다는 절망이 지금 홍연의 마음을 찢고 부
순다.

당장이라도 뒤돌아서 도망치고 싶었다. 하지만,

'도망치지 않아!'

물러서지 않는다. 등을 돌리지도 않는다. 설혹 여기서 혀
가 잘리고 사지가 갈기갈기 찢겨져 죽더라도, 아니, 필경
그렇게 될 테지만 그래도 당당할 것이다.

표사답게!

사내답게!

그렇게 마음속 두려움을 떨쳐 내며 있는 힘을 모두 짜내어 검을 들어 올렸다.

그런데 그때였다.

"대체 저게 어디가 나랑 닮았다는 거야?"

함성과 기합성, 비명, 병장기 부딪치는 날카로운 쇳소리까지, 정신이 멍멍할 정도로 시끄러운 전장 속에서 신기하리만치 선명하게 그 한마디가 홍연의 귀를 파고들었다.

"나 저 나이 땐 저렇게 멍청하지 않았는데 말이야. 저렇게 무모하지도 않았고."

혀까지 끌끌 차며 투덜거리는 말에 그제야 고개를 돌리던 홍연이 순간 미간을 잔뜩 찡그렸다. 자신을 향해 뚜벅뚜벅 걸어오고 있는 루하를 본 때문이었다. 심지어 그렇게 뚜벅뚜벅 걸어와서는 그의 앞을 막아서기까지 한다.

"지금…… 뭐해요?"

"뭐하긴 뭐해? 낄 때 안 낄 때 구분도 못 하고 나대는 객기 충만한 인생 좀 구원해 주려는 거지."

"지금 낄 때 안 낄 때 구분 못 하는 게 누군데 그래요? 괜히 남의 일에 목숨 걸지 말고 당장 비켜서요!"

"이게 목숨 걸 정도의 일이라면 끼라고 해도 안 껴. 난 누구처럼 이기지도 못할 싸움을 할 만큼 멍청하지 않으니까. 근데 이건 목숨은커녕 머리털 하나 걸 일도 아니거든.

게다가 저 도적놈들한테는 나름대로 볼일도 있고."

루하가 황가달 쪽을 가리키며 턱짓을 해 보인다. 그러자 갑자기 끼어 든 루하를 보며 황가달이 의아히 물었다.

"네놈은 뭐냐?"

"나? 알량한 삼재검의 달인."

"뭐?"

"지금부터 알량한 삼재검으로 네놈의 팔다리를 자를 거야."

"뭐?"

"그러니까……."

루하가 다시금 홍연을 본다.

"잘 봐 두라고. 평생 다시 볼 수 없는 귀한 구경거리가 될 테니까."

그렇게 말하고는 마치 마실이라도 나온 듯이 터벅터벅 황가달에게로 걸어가는 루하다.

대체 뭐하는 건가 싶었다.

지금껏 화룡채 산적들이 얼마나 강한지 충분히 보았을 텐데도 저 자신감이라니? 저 태평함이라니?

'설마…… 진짜 실력을 숨긴 고인이라도 된다는 거야?'

그런 홍연의 시야에 루하를 향해 벼락처럼 달려드는 황가달이 보였다. 루하의 그 태평한 태도에 제대로 화가 난 모습이었다. 그런데, 당장에라도 황가달의 칼에 루하의 목이 베이려는 순간이었다.

"오른발은 가볍게, 왼발은 무겁게. 몸은 낮추고 검은 사갈의 꼬리처럼 든다. 독이 마른 사갈의 꼬리는 바위도 부수니, 독헐반미(毒歇反尾)!"

마치 아침에 못한 가르침을 이어가기라도 하듯이 루하의 입에서는 삼재검의 요결이 흘러나왔다. 단지 요결만이 아니다. 어린아이도 따라 할 수 있을 만큼 그 동작도 지극히 느렸다. 그런데 그 느린 동작에도 불구하고 초식 하나가 마무리되었을 때,

"으아악!"

황가달의 팔이 잘렸다.

"내딛는 오른발은 태산처럼 무겁게! 돌아섬은 섬전처럼! 휘두름은 강을 베듯이! 무지개가 날아 강을 가른다! 비홍횡강(飛虹橫江)!"

이윽고 마지막 초식이 끝났을 때 다리마저 잘린 황가달이 비명을 질러 대며 바닥을 뒹굴었다.

지금 이 순간 홍연의 경악이야 이루 말로 다 할 수 없을 정도였다.

정말로 삼재검이었다.

빠른 것도, 강한 것도 아니었다.

오히려 자신의 삼재검보다 느리고 약했다. 그런데도 뭔지 모를 어떤 미세한 차이가 황가달을 베어 버렸다. 그 미세한 차이가 오히려 초월적이고도 넘볼 수 없는 어떤 벽을 느끼게 한다.

'내가 이래 봬도 삼재검에 관해서만큼은 천하에서 따를 자가 없는 사람이라고.'

무심코 흘려 넘겼던 그 말이, 아니, 속으로 가소로워하며 비웃기까지 했던 그 말이 허풍도 거짓도 아니었다.

지금 그의 눈앞에 있는 사내는 정말로 삼재검으로는 천하에서 따를 자가 없을지도 모른다.

'삼재검에 관해서만큼은 어쩌면 삼절표랑보다도 더……'

불현듯 스쳐 가는 생각에 홍연은 화들짝 놀라서 세차게 고개를 저었다.

'아냐! 그럴 리 없어!'

아무리 그래도 그렇지, 어찌 저 경박하기 한량없는 자를 천하제일 삼절표랑에 비하겠는가.

그렇게 홍연이 혼란스러운 눈으로 루하를 보고 있었지만, 루하는 더 이상 홍연을 보고 있지 않았다. 루하의 눈길이 향하는 곳은 그때까지도 한창 치열하게 생사혈투를 벌이고 있는 전장이었다.

짧은 사이였지만 사상자 수가 적지 않다. 사상자의 대부분은 창천표국 표사들이었고 그 피해는 시시각각 늘어나고 있었다.

반대로 천왕채의 사기는 충천하고 그 기세는 점점 더 흉포해지고 있다.

하지만 그런 거야 관심 밖이다. 표행 중에 일어나는 생사여탈이야 어차피 저들이 선택한 인생의 결과물일 뿐이다. 하룻밤 같이 비 좀 피했다고 저들의 인생에 관여하고픈 생각은 없었다.

다만 루하는 궁금할 뿐이다. 저자들이 대체 그 많은 청광편을 어디서 구한 것인지. 그리고 지금 루하의 눈길이 향하는 곳에는 그 대답을 해 줄 가장 적합한 자가 있었다.

천왕채 채주 이신적.

이신적은 한창 신이 나 있었다. 명색이 오성 표국의 표두까지 지낸 일류 고수이건만 그런 홍우겸을 상대로 마치 고양이가 쥐를 가지고 놀듯 하고 있었다.

스스로가 자랑스럽다는 듯, 스스로가 대견하다는 듯 그렇게 우월감에 흠뻑 취했다.

그 모습을 보며 다시 한 번 확신했다.

"역시 한두 개가 아냐."

산적단의 두령답게 수하들에 비해 월등히 강한 것도 강한 거지만, 칼끝에 맺히는 푸른 기운이 수하들의 것에 비해 훨씬 더 선명했다.

다시 한 번 확신한 루하가 성큼 한 걸음을 내디뎠다. 한 걸음을 내딛는다 싶은 순간 이미 루하의 신형은 이신적에게 이르러 있었다. 그리고 그때까지도 한창 열이 올라서 칼을 휘두르고 있는 이신적의 어깨를 툭 쳤다.

"그만하고 나 좀 보지?"

"헉! 뭐, 뭐야!"

그 갑작스러운 방해에 이신적과 홍우겸 모두 누가 먼저랄 것도 없이 화들짝 놀라서는 급히 신형을 물린다. 특히 이신적으로서는 그야말로 기겁할 노릇이었다. 아무리 그 순간의 흥에 취해서 정신이 없었다 하더라도 지척에 이를 때까지 몰랐다니? 눈앞의 이 젊은 사내가 마음만 먹었다면 이미 자신은 살아 있는 목숨이 아닐 수도 있었다.

그리해 그의 눈에 들어차는 가슴 서늘한 당혹감.

"네, 네놈은 웬 놈이냐!"

마음속에 일어나는 꺼림칙함이 짙어질수록 그의 얼굴은 더 흉흉해지고 목소리는 더 사납게 나왔다.

물론 그래 봤자 루하에겐 눈곱만큼의 위협도 되지 않는다.

"놀 만큼 논 거 같으니까 나랑 얘기 좀 하자고."

"무, 무슨 얘길 말이냐?"

"그러니까 당신들······."

그런데 루하가 막 청광편에 대해서 물으려 할 때였다.

"죽어랏!"

사태 파악을 전혀 못 한 천왕채 산적 하나가 겁도 없이 루하를 덮쳐 왔다.

루하는 콧방귀를 꼈다.

"흥!"

차가운 콧방귀에 이어 귀찮다는 듯, 마치 들러붙는 파리를 쫓아내듯 손을 털었다. 그 순간 그렇게 가볍게 턴 손에서 꽈르릉 천둥이 치고 그 천둥소리와 함께 루하를 향해 덮쳐들던 산적의 몸이,

퍼엉!

천둥소리보다도 더 큰 폭발음을 내며 그 자리에서 터져 버렸다.

"이······ 이게······."

눈앞에서 벌어진 그 황당한 광경에 입을 떡 벌린 채 할 말은 잊은 이신적이다. 이신적뿐만이 아니었다. 홍우겸도, 홍연도, 창천표국의 표사들은 물론이고 천왕채 산적들까지도 죄다 루하의 가공할 만한 신위에 경악한 얼굴을 하고 있었다.

그건 루하도 마찬가지였다.

그들만큼은 아니지만 그에게도 방금 일어난 상황은 예기치 못한 것이었다.

죽일 생각이 아니었다. 정말로 귀찮은 파리 쫓아내는 심정으로 그렇게 가볍게 떨쳐낸 것이었다. 그런데 손끝에서 산을 쩌렁 울리는 천둥소리가 나고 달려드는 산적이 먼지가 되어버렸다.

힘 조절이 안 된다.

그의 안에서 내단의 진화가 이루어지고 진화 강시의 내단마저 삼켜 버린 그 날 이후 하루하루가 다르게, 그야말로 통제가 안 될 정도로 내력이 강해지고 있었다. 그래서 한 번씩 이렇게 힘 조절을 잘못할 때마다, 이러다 정말 크게 한 번 사고를 치겠다 싶어 등골이 오싹해 오기도 했다.

하지만 이번만큼은 그 결과가 썩 나쁘지 않다.

본의는 아니지만 어쨌거나 그 바람에 아비규환으로 얽혀서 서로를 죽고 죽이던 살벌한 싸움판이 멈췄으니까. 조용히 대화를 나누기엔 딱 적합한 환경이 마련된 것이다. 게다가 이신적으로부터 원하는 대답을 듣기에 별다른 실력 행사도 필요 없을 것 같았다.

루하가 성큼 이신적 앞으로 다가갔다.

그러자 본능적으로 한 걸음 주춤 물러서는 이신적이다.

"해치려는 거 아니니까 너무 겁먹을 필요 없어. 말했잖

아. 난 그저 대화만 좀 하고 싶을 뿐이라고."

루하가 다시 한 걸음 거리를 좁혔다.

하지만 오히려 두 걸음을 더 뒤로 물리는 이신적이다.

눈앞에서 일거에 자신의 수하를 가루로 만들어 버렸는데, 대화만 하겠다는 말이 어디 제대로 귀에 들어오기나 하겠는가.

이신적은 이미 온전한 정신이 아니었다. 눈앞에서 수하가 가루가 되었을 때 그의 정신도 이미 먼지처럼 흩어진 상태였다.

"거참. 그냥 대화만 할 거라니까? 안 때려, 안 때려."

하지만 이번에도 루하의 한 걸음에 두 걸음을 더 뒤로 물린다. 이젠 아예 당장이라도 도망칠 수 있도록 퇴로마저 살핀다.

그 같은 이신적의 모습에 슬슬 짜증이 치미는 루하다.

"명색이 한 산의 왕을 자처했으면서 꼴사납게 그게 뭐야? 그냥 좀 물어볼 게 있을 뿐이라고. 어허! 가만히 있으랬지? 거기서 한 발짝이라도 더 움직이면 그땐 진짜 대화 정도로 안 끝날 수도……."

루하는 말을 끝맺지 못했다. 루하의 말이 채 끝나기도 전에, 생긴 것답지 않게 겁 많은 산적은 주춤주춤 뒤로 물러서는 듯하더니 '에라, 모르겠다!' 그대로 몸을 돌려 도주를 해 버린 것이었다.

기분대로라면 그 즉시 이신적의 뒷덜미를 잡아다가 패대기라도 쳐 버렸을 테지만, 혹여 또 아까처럼 힘 조절을 못해서 이신적을 죽여 버리면 어쩌나 싶어 그냥 가볍게 발을굴려 도망치는 이신적의 앞을 막아섰다. 그런데 어이없게도,

"비, 비켜!"

이신적이 지레 겁을 먹고는 다짜고짜 칼을 날려 오는 것이었다.

"이게 정말!"

결국 제대로 성질을 건드리고 말았다.

챙강―

자신을 향해 뻗어오는 이신적의 칼을 맨손으로 잡아 두동강을 내 버리고는 그대로 이신적의 목을 잡아다 바닥에패대기쳐 버렸다.

쾅!

둔탁한 소음에 이어,

"쿠억!"

피를 토하듯 고통에 찬 신음을 토한다. 하지만 오히려 그신음은 루하에게도 이신적에게도 다행한 일이었다. 순간욱해서 패대기를 치긴 했는데, 이신적이 그의 손을 떠나는

순간부터 '아차!' 하고 후회했다. 이대로 또 아까처럼 힘 조절이 안 됐으면 어쩌나 하고 있었는데, 신음이라도 낼 수 있다는 것은 적어도 살아는 있다는 방증인 것이다.

아니, 단지 살아 있는 것뿐만이 아니었다. 겁은 많은 데 반해 몸은 제법 단단한 모양이었다. 땅에 패대기가 쳐지고 그 반동으로 새우처럼 튀어 오른다 싶은 순간, 그대로 몸을 틀어서는 엉금엉금 바닥을 긴다.

그 삶에 대한 처절한 집착에 헛웃음마저 나오는 루하다.

낯이 익다. 이 비슷한 광경을 언젠가 한 번 본 적이 있 다. 그 모습은 황궁에서 처음으로 만났던 진화 강시를 연상 케 하고 있었다.

기가 찰 노릇이다.

이백 년을 좁고 답답한 석관에서 지내다 이제 겨우 삶의 희망을 맛본 진화 강시였다. 새로운 생명에 대한 집착이야 형언할 수도, 가늠할 수도 없는 것이었다. 그런데 지금 이 신적의 모습은 오직 그 하나를 위해 이백 년을 석관에서 죽 은 듯이 지내 온 진화 강시에 비견될 정도이지 않는가.

물론 그렇다고 그것이 아주 감탄스럽다거나 경외감이 드 는 것은 아니었다. 그냥 조금 황당할 뿐이다. 그리고 그냥 조금 황당한 정도로는 루하를 주저하게 만들지 못했다.

루하는 엉금엉금 필사적으로 땅을 기고 있는 이신적에게

다가가 등짝을 발로 쿡 눌렀다. 그리 세게 누른 것도 아닌데 그대로 털퍼덕 대자로 뻗으며 루하의 발아래에서 아등바등한다. 그것은 마치 등짝을 눌린 거북이가 짧은 팔다리로 아등바등하는 모양새와 흡사했다.

다만 거북이와 다른 것은 지금 루하의 발아래 깔린 사내는 그래도 말은 할 줄 안다는 것이다.

"사, 살려주……."

"그러니까 내가 몇 번을 말하냐고. 안 죽여. 안 죽인다고. 내가 무슨 살인귀도 아니고, 나 사람 막 죽이고 그러는 사람 아냐."

사람 막 죽이는 것을 바로 조금 전에 봤는데 그 말을 어찌 믿으랴. 하지만 이미 꼼짝도 할 수 없이 잡혀 버린 상황에서 자신의 믿음 같은 건 전혀 중요한 것이 아니란 것쯤은 이신적도 알고 있었다.

"이제 좀 대화할 준비가 됐나 보네."

그렇게 이신적의 저항이 한결 누그러지자 흡족한 듯 고개를 끄덕거린 루하가 이신적의 등짝에서 발을 치우고 그의 몸을 일으켰다.

바닥을 기는 모습이 워낙에 처절해서 어디 큰 부상이라도 당한 줄 알았더니 의외로 멀쩡했다. 그저 공포에 짓눌려서 손발이 말을 듣지 않은 것뿐인 모양이었다.

루하가 그렇게 이신적의 얼굴을 똑바로 보며 그동안 궁금해 했던 것을 물었다.

"당신들 말이야, 대체 청광편을 어디서 구한 거야?"

"청……광편이란 게 뭔지……?"

하긴, 청광편은 설란이 붙인 이름이고 그 이름을 쓰는 것은 루하와 루하가 고용한 수색꾼들뿐이었다.

"당신들이 먹은 거. 푸른빛이 도는 돌처럼 생긴 거."

"아……! 녹림대환석…… 말입니까?"

"녹림대환석?"

"소림대환단처럼 내공을 증진시켜 준다고 녹림십팔채분들이 그렇게 부르셨습니다만……."

"녹림십팔채?"

여기서 녹림십팔채의 이름이 튀어나올 줄은 전혀 생각지 못했다.

"녹림십팔채가 왜……? 혹시 녹림십팔채에서 이걸 모으고 있는 건가?"

"그, 그야 이르다뿐입니까. 전 녹림도들을 동원하는 것으로도 모자라서, 하오문에 우리 같은 뒷골목 주먹패들까지 죄다 동원해서 대륙 각지 구석구석 다 뒤지고 있는데요?"

루하가 미간을 찡그렸다.

전혀 몰랐다. 녹림십팔채가 청광편의 존재를 알고 있다는 것도, 청광편을 찾고 있다는 것도.

어떤 경유로 알게 되었을까? 그것이 진화 강시에게서 나온 내단의 파편이라는 사실까지도 알고 있는 것일까?

'아니, 그보다…… 몇 개나 모은 거야?'

혹여 소문이라도 날까 조심하며 은밀하게 청광편을 모았던 그에 비하면 수색에 동원된 인원과 규모 자체가 다르다. 닭수리까지 동원하고도 청광편 수집이 그리도 더뎠던 이유가 어쩌면 녹림십팔채가 이미 그렇게 싹쓸이를 해 간 탓일지도 몰랐다.

'젠장! 아주 제대로 물먹었네.'

사실 그에게는 있어도 그만, 없어도 그만인 물건인데도 막상 남의 손에 들어갔다고 하니 괜히 더 아깝고 속이 쓰리다.

"그래서…… 당신들은 그 많은 걸 어디서 구한 건데?"

"그야…… ."

"그야?"

"흠…… 쳤습니다."

"어디서?"

"운남에서요."

"운남?"

"저희가 원래 그쪽 수색에 동원됐습니다. 총단에서 나온 한 분이 우리를 관리했구요."

이신적의 말인즉슨 이러했다.

그들은 원래 운남 원양에서 청루와 도박장의 뒷배를 봐 주는 흑사방 출신이었는데 어느 날 녹림십팔채로부터 강제 동원령이 떨어졌다는 것이다.

"오라는 데로 가 봤더니 우리를 수색조로 편입시키더라구요. 그래서 녹림대환단을 찾았죠. 우리야 뭐, 까라면 까야 하니까. 포상금도 두둑하게 준다고 하고."

그런데 의외로 수확이 좋았다.

다른 곳은 수백 명이 반년을 수색하고도 열 개도 못 건진 곳이 허다하다는데, 그들은 채 백 명도 안 되는 인원으로 석 달 만에 스무 개를 넘게 채집했으니까.

"운남이 그야말로 노다지 땅이었던 거죠."

내단 하나에 포상금으로 금 열 냥, 은자로는 이백 냥.

비록 강제로 동원되었지만 운남이라는 노다지 땅 덕분에 석 달 일한 것으로 한 사람 앞에 은자 오십 냥을 벌게 되었다. 흑사방 밑에서 족히 일 년은 굴러야 벌 수 있는 돈을 고작 석 달 만에 벌게 되었으니 강제로 동원된 것치고는 썩 나쁘지 않은 결과물이었다.

"그날 그 일이 있기 전까지만 해도, 우리도 우리가 이렇게 될 줄은 몰랐습니다. 다들 돌아가서 간만에 기녀들 엉덩이 두드릴 생각이나 하고 있었죠. 어찌 알았겠습니까? 뒷골목에서 주먹이나 쓰던 우리가 산중호걸 행세를 하게 되는 날이 올 줄…… 뭐, 그래 봤자 결국 임자 잘못 만나 이 모양이 꼴이 되고 말았지만…… 아무튼, 모든 건 그 날 운남의 총책이었던 혁련우(赫連羽) 그자로 인해 벌어졌습니다."

수확이 좋았던 건 비단 그들 패거리만이 아니었다. 이신적의 말대로 운남 자체가 노다지 땅이라 다른 곳에 비해 수확이 전체적으로 좋았다. 그가 맡은 석 달 동안 운남에서 올린 수확이 백 개가 넘었으니, 다른 곳보다 거의 세 배가 넘는 수확을 올린 셈이었다.

그리해 그 날, 예상을 훌쩍 뛰어넘은 큰 성과에 한껏 신이 난 혁련우가 운남의 수색조 모두를 모아 놓고 거하게 술자리를 열었는데, 그 자리에서 만취한 혁련우가 그만 지금 자신들이 모으고 있는 것이 소림대환단에 버금가는 녹림대환석이라는 사실을 그들에게 모두 말해 버린 것이었다.

아니, 단지 그것만이라면 그들이 감히 청광편을 훔칠 생각은 못 했을 것이다. 아무리 간덩이가 배 밖으로 나왔기로서니 상대는 녹림십팔채인 데다, 혁련우로 말할 것 같으면 녹림십팔채 총표파자 혁련휘(赫連揮)의 동생이자 녹림십팔채 최강 세력인 만검산채의 부채주였으니까.

"그런 자가 혼자였을 리도 없고."

"우리를 감독하는 만검산채의 고수들이 열세 명이나 더 있었죠."

"근데 어떻게 그걸 훔쳐?"

지금이야 청광편을 먹고 단숨에 내가의 고수가 되었다지만 그때는 삼류조차도 되지 못했던 뒷골목 인생들이다. 백 명 아니라 천 명이 떼로 덤벼도 청광편을 훔쳐 낼 주제들이 되지 못했다.

"그게…… 그날 다 죽어 버렸으니까요."

"뭐?"

다 죽었다니?

"어떻게?"

"혁련우가 다 죽였습니다."

"뭐?"

이건 또 무슨 소린가?

"혁련우가 왜 자신의 수하들을 죽여?"

"폭주였습니다."

"……?"

"혁련우 그놈이 술김에 녹림대환석을 처먹은 거죠. 정확히 몇 개였는지는 모르겠고, 나중에 대강 계산해 보니까 대

여섯 개는 먹은 것 같은데…… 암튼 그리고 나서 주화입마에라도 빠졌는지 제대로 미쳐 날뛰면서 말리는 자기 수하들까지 다 죽였습니다."

혁련우의 수하들만이 아니다. 그 자리에 있던 수색조 대부분이 혁련우에게 목숨을 잃었다.

"그나마 우리 막사가 가장 끝에 있었기에망정이지, 그렇지 않았다면 우리도 이미 황천길을 건너고 있었을 겁니다."

"그래서 혁련우라는 자는 어떻게 됐는데?"

"죽었습니다. 한참 미쳐 날뛰더니 눈이고 입이고 할 것 없이 구멍이란 구멍에선 죄다 피를 토하고는 그대로 죽어버렸습니다."

모든 것이 순식간에 일어난 일이었다. 그리고 그 황당하면서도 참혹한 살겁이 끝났을 때 청광편은 주인 없는 물건이 되어 있었고, 그들은 그저 그것을 거두었을 뿐이라는 것이다.

'하긴, 평생 남의 피땀에 기생하며 살아온 인간들이 눈앞에 주인 없는 보물이 있는데 그걸 그냥 지나칠 리가 없지.'

그럼에도 그들이 어울리지 않게 누구 하나 크게 욕심 내지 않고 사이좋게 나눠 먹을 수 있었던 것은, 이미 청광편을 다량 섭취한 후의 후유증을 직접 목격한 때문이었을 것이다.

어쨌든 이로써 하나 확인된 것이 있었다.

비록 사이한 기운은 빠졌지만 청광편에도 부작용은 존재한다는 것.

몸이 견딜 수 있는 이상의 양을 취했을 때 문제가 생기는 건 기존의 붉은 내단 조각과 크게 다를 것이 없다.

'음…… 그래서 쟤가 그때 그런 건가?'

루하의 눈이 연화를 향했다.

떠나오기 전 닭수리들이 물어다 놓은 청광편을 주워 들려고 할 때 보였던 그 격한 반응이 떠올랐다.

위험하다며 그를 막았다. 대체 뭐가 위험한 건지 그녀 스스로도 알지 못한 채 그저 어떤 막연한 불길함에 다급히 그를 밀치기까지 했다.

혹시 이 같은 부작용을 미리 알고 걱정했던 것일까?

생각이 거기에 미치자 이내 고개를 젓는 루하다.

아니다.

겨우 이 정도의 부작용으로 그렇게까지 과한 반응을 보였을 리가 없다.

분명 뭔가 다른 이유가 있다.

새삼 묻어 둔 의문이 다시 고개를 들고 불안이 엄습한다.

그러나 어차피 지금으로서는 얻을 수 있는 답이 아니란 것을 잘 알기에 오래 미련을 두지 않고 바로 생각을 접었다. 그리고 이신적을 보았다.

어깨를 웅크린 채 자라목이 되어서는 연신 자신의 눈치를 살피기에 바쁘다. 뒷골목에서 험하게 굴러먹다 보니 바짝 기어야 할 때와 그렇지 않을 때를 정하고 처세에 옮기는 데 주저함이 없다. 자신의 수하가 가루가 되었는데도 칼 한 번 겨뤄 보지 않고 냅다 튀는 것만 봐도 알 수 있지만, 생긴 것답지 않게 상황 판단도 빠르다. 혁련우가 대여섯 개의 청광편을 먹고 주화입마에 빠져 죽은 걸 직접 보았으면서도 홀로 세 개나 먹은 것을 보면 배포도 제법이다.

"뭐, 그래 봤자 물욕에 눈이 멀어 살 자리 죽을 자리 구분 못 하는 바보일 뿐이지만."

"예?"

루하가 자신을 보며 그렇게 중얼거리자 이신적이 더욱 자라목이 되어서 의아히 루하를 본다.

루하가 답답하다는 듯 한심하다는 투로 말했다.

"소림대환단에 버금간다고 하니 거기에 혹해서 대책 없이 훔쳐 먹긴 했는데, 막상 먹고 나니 덜컥 겁이 났겠지. 그래서 원양으로 돌아가지 않고 이 먼 곳까지 도망쳐 왔을 거야. 훔쳐 먹은 보물 때문에 힘도 강해졌겠다, 뒷골목이나 전전하던 시절로는 돌아가고 싶지 않았을 테니까. 이참에 한번 제대로 때깔 나게 살아 보자 싶었겠지. 그런 면에서 봤을 때, 당신들 기준에선 산중지왕만큼 때깔 나는 것도 없었을 테고. 나름대로 머리도 좀 썼으려나? 등잔 밑이 어둡다든지, 업은 아이 삼 년 찾는다든지…… 녹림십팔채로부터 가장 안전한 곳은 녹림이다? 뭐 그런 생각까지 하고 이곳 우희산을 택한 것이라면 그 행동력 하나만큼은 인정해 줄게. 근데 말이야, 당신들……."

루하가 이신적에게서 눈을 돌려 천왕채 산적들을 쓰윽 훑었다.

"당신들 녹림십팔채를 너무 우습게 봤다고."

"……?"

"이런 말 못 들어 봤어? 세상 천지에 없는 곳이 없는 것이 딱 두 가지가 있는데 하나는 거지고 하나는 도적이라는 말. 천지간에 가장 많은 눈을 가지고 있는 게 녹림십팔채인데, 녹림의 왕이 좀도둑한테 도둑질을 당하는 쪽팔리는 상황에서 아주 눈에 불을 켜고 찾아 나섰을 텐데 등잔 밑인들, 어미 등인들 당신들을 못 찾을 리가 없잖아."

"그 말씀은…… 녹림십팔채에서 여길 찾아올 거라는……."

"말귀를 못 알아먹는군. 찾아올 거라는 게 아냐. 이미 찾아온 거지."

"예?"

"당신들한테 개쪽당한 녹림의 왕께서 이미 여기 와 계시다고!"

루하의 말이 채 끝나기도 전이었다.

"네 이놈들! 네놈들이 녹림십팔채의 물건에 손을 대고도 무사할 성 싶었더냐!"

어디선가 살기등등한 일갈이 터져 나온다 싶은 순간, 양옆으로 갈라진 협곡 위에서 일단의 무리들이 우르르 달려 내려와 천왕채고 창천표국이고 할 것 없이 가리지 않고 포위해 버렸다.

포위를 했다지만 어차피 협곡의 앞뒤만을 막은 것이라 인원은 그렇게 많지 않았다. 하지만 그렇게 포위한 자들 중 하나에게 이신적의 눈이 향했을 때, 이신적의 얼굴은 더할 수 없는 공포로 일그러졌다.

아는 얼굴이다.

언젠가 시찰차 운남에 들렀을 때 딱 한 번 본 적이 있다. 딱 한 번이지만 절대로 잊을 수 없는 얼굴이다.

"혀, 혁련휘……."

그랬다. 그를 향해 차갑다 못해 살을 엘 듯한 한기를 뿌리고 있는 자는 놀랍게도 녹림십팔채의 총표파자이자 만검산채의 채주 현음신마(玄陰神魔) 혁련휘였다.

지금 자신의 앞에 정말로 녹림의 왕이 나타난 것이다.

그렇게 이신적의 입에서 혁련휘의 이름이 나오자 장내는 삽시간에 혼란에 빠졌다. 그것은 창천표국이라고 다르지 않았다. 심지어 어린 치기로 그토록 당당했던 홍연마저 파랗게 질린 얼굴이 되어 있다.

왜 아니 그렇겠는가.

현음신마 혁련휘로 말할 것 같으면 녹림칠패의 수좌인 인물로, 정도십이천의 수좌인 불성 광혜에 비견되는 극강의 고수일뿐더러 오합지졸의 도적들을 하나로 묶어 녹림도의 부흥을 주도한 장본인이었다. 또한 같은 녹림십팔채의 채주들마저 질릴 정도로 그 손속이 잔혹하기로 유명한 마두였다.

그뿐만이 아니다. 지금 자신들을 에워싼 자들의 팔에는 하나같이 붉은 띠가 매여 있었다. 만검산채의 표식이다. 그리고 만검산채의 산적들은 채주 혁련휘만큼이나 그 하나하나가 성정이 포악하기로 유명한 자들이었다.

그런 혁련휘가, 만검산채의 산적들이 관계없이 휘말렸다 해서 자신들을 곱게 살려 보낼 리가 만무했다. 그건 지금 이 순간 혁련휘의 온몸에서 뿜어지고 있는, 한겨울 삭풍처럼 날카롭게 베어 오는 살기만 보아도 충분히 짐작할 수 있는 일이었다.

사실이었다.

혁련휘는 단 한 명도 살려 줄 생각이 없었다.

감히 벌레보다도 못한 것들이 자신의 물건을 훔친 것만 해도 살려 둘 가치가 없는 일인데, 하물며 단 하나뿐인 친혈육이 죽었다. 당연히 혁련휘도 그가 어떻게 죽었는지는 시체를 살펴 알고 있었지만, 실제로 어떻게 죽었는지는 중요하지 않았다.

중요한 것은 동생이 죽었다는 것이고 그로 인해 지금 이 순간에도 주체할 수 없는 살의가 마구 들끓고 있다는 사실이었다.

티끌만큼이라도 관련된 자는 단 한 명도 살려 두지 않는다.

티끌만큼의 관련도 없는 자들이라도 다 죽인다.

살아 있는 것이라면 풀 한 포기조차 남겨 두지 않을 것이다.

그런데, 그렇게 눈앞에 살아 있는 모든 것을 향해 진득한 살기를 날리는 그의 시야에 유독 거슬리는 하나가 잡혔다.

조금 이상한 광경이었다.

그가 대상을 가리지 않고 그렇게 살기를 뿌리자 겁 없이 자신의 물건을 훔친 자들은 물론이거니와 엄한 일에 휩쓸려 억울한 죽음을 맞게 될 이름 모를 표국의 표사들까지 슬금슬금 자리를 옮겨 한 지점을 향해 모여드는 것이었다.

마치 거기가 유일한 살 곳이라는 듯이.

천재지변이 일어나기 직전 산짐승들과 벌레들이 본능적으로 가장 안전한 곳을 찾아 이동하는 것처럼.

그 한 지점에 한 사내가 있었다.

약관이 갓 넘었을 것 같은 젊은 사내였다. 한데,

"……?"

읽히지 않는다.

뿜어나는 기도, 눈빛, 서 있는 자세, 근육 등등, 슬쩍 보는 것만으로도 어떤 무공을 익혔는지, 어느 정도의 실력인지 한눈에 간파가 되기 마련인데 이 젊은 사내만큼은 도무지 가늠할 수가 없다. 어떤 것도 보이지 않는다.

이런 경우는 하나뿐이다.

저 젊은 사내가 그가 가늠할 수 있는 수준을 넘어섰다는 것.

'그럴 리가 없다!'

자신이 가늠할 수 있는 수준을 넘어섰다는 것은 곧 자신과 동급의 실력자거나 그 이상이라는 뜻이다. 반로환동이라도 하지 않고서야 어찌 저 나이에 그 같은 경지에 오를 수가 있겠는가 말이다.

하지만 그럴 리가 없다 생각하면서도 마음속 한편에 일

어나는 이 경각심은 또 뭐란 말인가?

아니, 그보다 녹림십팔채의 수장인 자신을 앞에 두고도 저 여유는 대체 무엇이며, 저 웃음은 또 무슨 의미란 말인가?

어이없게도 저건 마치…… '이놈 마침 잘 만났다' 하는 표정이지 않은가?

〈다음 권에 계속〉

DREAMBOOKS★

DREAMBOOKS★

DREAMBOOKS ★

DREAMBOOKS ★